越前竹偶

日本中篇经典
经典之作 名家译本

〔日〕水上勉 著
吴树文 译

人民文学出版社

著作权合同登记：图字 01-2017-9254 号

Gan no Tera/Echizen Takeningyô
Copyright © 1961, published by Bungeishunju Ltd., Tokyo
Echizen Takeningyô
Copyright © 1963, published by Chuokoronsha Ltd., Tokyo
Simplified Chinese translation rights arranged with
The Japan Writers' Association through
Japan Foreign-Rights Centre/Bardon-Chinese Media Agency

图书在版编目(CIP)数据

越前竹偶/(日)水上勉著；吴树文译.—北京：
人民文学出版社，2018
（日本中篇经典）
ISBN 978-7-02-013819-7

Ⅰ.①越… Ⅱ.①水… ②吴… Ⅲ.①中篇小说-小说集-日本-现代 Ⅳ.①I313.45

中国版本图书馆 CIP 数据核字(2018)第 027178 号

责任编辑	甘　慧　王皎娇
装帧设计	汪佳诗

出版发行	人民文学出版社
社　　址	北京市朝内大街 166 号
邮政编码	100705
网　　址	http://www.rw-cn.com
印　　制	山东临沂新华印刷物流集团有限责任公司
经　　销	全国新华书店等
字　　数	148 千字
开　　本	850×1168 毫米　1/32
印　　张	10
版　　次	2018 年 7 月北京第 1 版
印　　次	2018 年 7 月第 1 次印刷
书　　号	978-7-02-013819-7
定　　价	59.00 元

如有印装质量问题，请与本社图书销售中心调换。电话：010-65233595

目录

雁寺 1

越前竹偶 122

后跋 314

雁　寺

一

以画鸟兽画驰名京都画坛的岸本南岳死于丸太町东洞院一角之居所的里间，是昭和八年①秋天的事。他的居所是平房，围有黑色板壁。

上了岁数，何况宿疾哮喘加剧，羸弱得状如螳螂的南岳，其晚年可谓苟延残喘，只有神志尚清醒而已。临终时正如在场的众弟子所言，犹如被虫蛀空的枯木委地一般。对于熟悉南岳生前不惜精力，连寻花问柳都倍于常人的人们来说，当更能首肯南岳是如此而死的。南岳在鼾声高响地沉睡了一昼夜后，最后还是喉咙呼噜作响，在苦喘中咽了气。终年六十八岁。

在岸本南岳去世的前一天，准确地说，是十月十九日那天，南岳的妻子秀子恰巧外出未在家，位于衣笠山麓的孤峰庵住持北见慈海来访，说是因慰藉事而顺道来此。慈海和尚

---

① 昭和八年是公元1933年。

颈部裹着白色绸围脖，外披黑色罩衣，当是往某处行罢法事而归，衣摆下面闪露出紫衣①的衣褶。

"感觉怎样，还好吗？"

慈海和尚在门口见到那面熟的女佣出迎，搭讪地问了一句，自行迈步往里走。和尚来时带有一个矮个子小和尚，看起来不过十二三岁。此时，小和尚也尾随他进了屋。

岸本家乃孤峰庵的檀越，又是檀越名誉总代表，所以和尚如此径直走向里间亦不足为怪。然而，围坐在病榻旁的众弟子当中的大师兄笹井南窗，他正在用湿棉纱滋润着病人的嘴唇，见状不禁蹙眉，认为来者是一大凶兆：师父奄奄一息，医生已认为无可救药，菩提寺②的和尚却偏在此时造访。南窗面对众人，面露难色。慈海见女佣离屋沿走廊去取茶点，便紧步靠近病人枕边，根本没把众弟子的忧虑神情放在眼里，直视卧床的南岳的脸，再次问道：

"感觉怎样，还好吗？"

嗓音颇大，直冲低低的天花板，反弹进南岳的耳朵里。

---

① 紫衣：即紫色法衣，特授予得道高僧着用。
② 菩提寺：指代代皈依佛教的家庭举办丧葬仪式和佛事的寺院。

紧裹丝绸盖被的南岳，连颈部都蒙得严严实实，状如朽木地委身于床。

"是老和尚吗？"

南岳微微地半抬起闭着的眼睑，发出了有气无力的声音。

这倒使一旁的众弟子颇为惊奇。从清晨起，南窗屡屡呼唤师父，南岳始终没有反应。而现在，南岳竟微启干枯的嘴唇，有了嘶哑的搭腔。

"你终于来了。"

"可厌的职务嘛。"

和尚低下硕厚的肩膀，凑近了去俯视南岳的脸，说话的口气傲人。

"我呀，最不愿的就是来迎候你了。"

和尚说着此话，仿佛此时才发现似的，扫视了一眼坐在这间十铺席大屋里的南窗和另外三名弟子，蓦地放声大笑。笑过之后，他呼唤起小和尚来。小和尚先前就站在檐廊上，瞪大眼睛注视着庭院里缠着发红的葡萄藤的石灯笼。

"喂，慈念。"

听到和尚的呼唤，小和尚惊得一抖，旋过脸来望望屋里。由于入门受剃，小和尚的大脑袋显得格外引人注目。凸出的前额、洼陷得厉害的双眼，使小和尚的脸部显得狭小。

"你过来呀。"

慈海和尚招手呼唤。小和尚注意避开地上铺席的边沿，轻步擦地而行。

"这是慈念。昨天行了剃度礼。院子亦打扫得干干净净。可行的话，请务必来寺庙光顾一下。"

顺路造访的原因既像是为此而来，又像是因为收养了侍者前来致意的。南窗定睛凝视着这个大脑袋光溜溜的小和尚的侧脸，觉得来了个颇为阴郁的佛门小学徒。大凡小学徒在寺庙行过剃度礼，按照惯例，须为此事谒见檀越代表。

接着，慈海由床头向走廊方向旋踵而行。此时，南岳再次发出了嘶哑的嗓音。

"老和尚，阿里就拜托你了。她是孤峰庵的孩子哪。"

南岳发出此话的同时，合上了眼睑。看来出声说话对身体有害，南岳顿时剧咳不停。南窗蹭身向前，一而再地把湿棉纱贴到南岳的嘴上。

慈海回望此番情状,深深点头表示领会,视线同时下移,此时,南岳的脸色已呈草黄色。

"请多保重呀。"

慈海告辞。整个过程只有四五分钟而已。慈海伸手在刚行过剃度礼的小和尚脑袋上抚了一下,踏着碎步匆匆离开了岸本家。

直到第二天,南岳也没开口说过一句话。他忽而鼾声大作,咽喉处呼噜作响,像要窒息似的,旋即又骤然没了声息。到最后咽气时,口唇微启,像是有话想说。众弟子聚精会神地附耳倾听,依稀听得他吐出的话是"阿里"。

众弟子望望床头的秀子师母,秀子正以袖掩面抽泣着,似乎没有听见南岳有话吐出。

南岳临终不忘嘱托的阿里其人,全名叫桐原里子,是南岳在上京区出町花屋二楼养的外室。里子本在木屋町的小餐馆做事,被南岳包养后成了南岳晚年亲密无间的女人。众弟子及慈海和尚也悉知里子其人。桐原里子已有三十二岁,身材娇小且富风韵,那蜂腰柳体,无疑是颇招男人喜欢的类型，何况相当美貌。南岳为何要把这位里子嘱托给慈海呢？略加思索，可知不无缘由。

　　岸本南岳身体健壮的时期，游学的旅程可远至中国和欧洲，而须殚精竭虑于巨作时，总是借用孤峰庵的书院从事创作，这已形成了习惯。从衣笠山周围至拥有落叶林的寺庙一带的环境，当是岸本所喜爱的，于是书院也就成了岸本晚年的工作室。大概在十年之前吧，南岳曾在孤峰庵的书院生活过，整个夏季没有染指画事。当时陪伴岸本生活的，就是里子。

　　"这就是我所画的雁哪。"

　　岸本领着里子，边走边看那些雁画。从孤峰庵库堂的杉板门扇到通往主殿的走廊，接着是下堂、正殿、上堂，以至四折隔扇的每扇屏门上，无不绘有雁。

　　泥金的隔扇上，绘有盘根古松，松枝伞张，笼盖于池面，针状的松叶在画上根根分明。群雁或栖于低枝，或正在拍翅。有一只雁腾空而起，白色的腹部在暮天下熠熠生辉；另有一羽则伫立不动，宛如松树枝节的一个部分。既有幼雁，亦有张口承接母雁喂食的雏雁。这些不计其数的雁，均是一色水墨绘就,却无一羽雷同。依稀听得见画家以充满激情的笔触,一丝不苟地画出一羽又一羽的雁来。群雁栩栩如生。

这是南岳竭尽心力的作品,画于两年之前的那个春季。画家本人视为得意之作,也确是当之无愧的优秀作品。

"我死后,此地会有一个雁寺,当成为洛西①新增的名胜。"南岳已有醉意,勾住里子的颈脖,莞尔而言。

"好像听得见鸣声哪。"

在昏暗的主殿里,里子出神地轻声自语道。南岳则始终微笑着抚弄着里子的颈脖。

南岳临死将里子嘱托给慈海和尚,当是不能忘怀那年夏季的事。

事实上,彼三人常在书院饮酒。慈海比南岳年轻十岁,却和南岳一样,体态、长相颇为精悍,同里子也很合得来。

"师父,你至少得把耳孔的毛除一除呀。"

里子眯起惺忪的醉眼这么一说,慈海笑笑,望着二人的

---

① 洛西:指京都西部地区。京都简称"洛"。

眼里闪露出好色的眼神。慈海没有妻室。

"师父的眼神很吓人。"里子屡次对南岳说过这样的话。她知道慈海喜欢自己。

慈海同南岳的嗜好相同，谈到女人和酒，无不投机。对于慈海不娶妻室，南岳似乎一直很不满。虽说孤峰庵是灯全寺派的特别寺，但本山境界内的小寺现今都已公然金屋藏娇。所有的寺庙，都在库堂深处私养着女人。南岳当面直言，你这好色的和尚，没有理由坚守独身。但慈海自顾自地笑笑，并不搭腔。南岳纠缠不休时，慈海就答道：

"削发即削断情念也。此非禅家削发之宗旨耶？"

逝者的头七来到，桐原里子跨进了孤峰庵的大门。她身着丧服，白而嫩的纤纤手腕上套着褐色的玛瑙念珠。那天有风，天空阴霾。小松树遍地的衣笠山犹如伏盆，坐落在烟霭中。山麓是一圈缓坡，这时完全呈现为枝叶稀疏的落叶林，而透出红色山土的那些地方，夹有多株红枫，颇为显目。

孤峰庵在山门的侧面开有一个装了铁链的耳门。里子草鞋擦地进入耳门，铁链叮当作响，划破了周围的寂静。闻声出迎的人，是里子不曾见过的慈念。这个长着大脑袋和洼陷眼的小和尚，身穿显得有些过长的单色蓝布夹衣，在木地板上双膝下跪，被身后黑褐色的房柱衬托得完全像个成年人。里子不禁有些不知所措。

"请向老师父通报一声，说出町来人了。"里子站在门口的踏脚石上说道。

"是。"

慈念立即往隐室方向退下。不一会儿，急促的脚步声由里面顺着檐廊而来，身穿白色夹衣、系着角带①的慈海和尚出迎了。

"请进，快请进。"

里子无限怀念似的望着慈海。里子外表丰满美丽依旧，也许是心理作用吧，但见脸色有些苍白。

看着眼前的里子，慈海和尚喜不自胜，招呼里子进书院。这是足以让里子缅怀起旧事的地方，南岳的葬礼已在此举行过。书院正对着假山和水池，是个幽静的所在，里子伏

---

① 角带：男式和服所用的硬而窄的腰带。

地，两掌触席，眼圈泛红地说：

"师父，久违了。"

里子没能来参加南岳的葬礼。她表达了自己是在出町花屋的二楼获悉噩耗，亦知道葬礼何时举行，但是想独自前来缅怀故人的意思。

"我早就想来了。师父，我想观赏一下故人的雁画。"里子不无娇媚地补上一句。

慈海引领里子进入主殿，里子随即来到铺着佛垫的戒坛前。坛上有一块新去世者的灵牌，布置得特别显目。里子屏息而视。

秀岳院南灯一见居士

这是慈海为死者所制的院号法名。这竖着不及一尺[①]的长方形木板里，现在已缩寄着岸本南岳的身魂。

里子焚起香，十铺席大的正殿香烟袅袅，白色烟雾在地

---

① 尺：日本度量衡中长度的基本单位，1鲸尺约合37.8厘米，1曲尺约合30.3厘米。

席上荡漾起来后，南岳画在隔扇上的雁，仿佛也在烟雾中舞动起来，颇为美观。里子顿时觉得南岳当已成佛。

下堂的隔扇的中央处，有两只腹部满是白色茸毛的雁映入她的眼帘。其中的一只，蜷缩在松树洼凹处，正用喙在另一只雁的翅膀下搔个不停。里子欣赏着隔扇上的画，久不离去。此时，身后的慈海说道：

"我说，请这边来，喝一杯补身药酒吧。"

慈海是喜不自禁。里子应邀首次步入六铺席大的隐室。这是慈海的居所。慈海颐指跪着取出坐垫待客的小和尚，对里子说：

"他呀，等于是照顾我的妻室，叫慈念。最近刚行过剃度礼。"

慈念立即低头行礼，抬眼看看里子，那深深洼陷的双眼闪闪发亮。接着，他一副害羞的样子，马上脸朝下匆匆离去。

"在门口第一次见到时，真是吃了一惊哪。觉得这孩子有点怪……多大了？"

"十三岁啦。"

"哦？在哪里上学？"

"大德寺的中学。"

"是师父你的继承人？"

慈海只是看了看里子，没有回答，起身拉开背后佛坛上的小隔扇。里面有多瓶一升装的瓶装酒。慈海从中取出一瓶"泽之鹤"。

"今天就开这瓶吧。"

慈海说着，像个孩子似的笑逐颜开，并击掌招呼，慈念闻声探进头来。

"你去把酒烫一烫。"

慈念便夹着酒瓶往檐廊走去。里子感到慈念可能不像其相貌所示，而是个勤恳耐劳的孩子。慈念拿托盘端来了酒壶和酒杯。里子第一次看到慈念的面孔时，总觉得是个难以接受的人。但是见惯后，发现这个大脑袋的孩子还颇招人疼爱。真有些说不清楚。

"是个勤劳的孩子哪。你收了个好徒弟哟。"带有醉意的里子，对慈海这么说道。

里子已有很久没喝酒了，早早地就大醉了。天已全黑。

以前是加上南岳，三人经常通宵达旦地畅饮，所以里子并不当回事。

"老衲受南岳嘱托啦。"

里子看到，慈海说此话时，他那黑黝黝的大眼珠里闪过一道光。

"南岳说了，让老衲照料你。这位老兄知道我喜欢你。你会过来吗？"

慈海拂开白色夹衣的下摆，身体前移，一副静候佳音的样子。里子沉默无语。她的沉默反而让慈海赢得了下手的时机。慈海踢开坐垫，两手穿过里子的腋下，从背后抱紧里子，吸住了她的嘴唇。那一瞬间，里子想到迟早会有这么一天的，就没有反抗。慈海随即掀开衣摆，将精悍的身体压了上去。里子细眼微启，见身侧视线所及的屏风处有阴影闪动，一惊，推开了慈海。

里子觉得很像是慈念，但也可能是自己捕风捉影，随后便意识朦胧，身子被慈海紧紧压住。

"你会来吗？"

慈海喘着气，屡屡问道。里子脸贴地席，头发蓬乱，屡屡摇头,但后来,她连这点儿反应都懒得表示了。

第二天,桐原里子在孤峰庵的库堂下榻了。说得准确些,是里子当天就没有回去。南岳头七那天,成了里子入山门的日子。

桐原里子当了孤峰庵主人的情妇,究其缘由,经济上的原因是首要的。南岳死后,里子不得不考虑自己的生存之路。里子连一幅茶室字画也没从岸本家得到过。南岳的妻子不是那种体贴人的妇女。不言而喻,分手费也分文没有。拿不到也在情理之中。南岳死后,才知他欠下不少债没还。南岳生活放荡,行为荒唐,很多意料之外的债务冒了出来。他妻子竭尽全力,只保住了丸太町的住宅。里子是想找工作自救,但三十多岁的年龄,只有到小饭馆当女招待的份。里子一想到自己已三十出头,却还要像从前那样辛劳,就气馁了。当然,其中亦有不情愿的因素,感到回归原处重操旧业,会被同事耻笑。

所以,对里子来说,孤峰庵绝非什么坏的去处。它既是灯全寺派本山的特别寺,又拥有众多的檀越。做了慈海的妻室,至少衣食可以有保证。而且,只需陪伴一个嗜酒的慈海。相处已久,她对慈海的性情是了如指掌的。

此外,在京都的所有寺庙中,里子尤其喜爱孤峰庵。能够每天眺望衣笠山舒缓的优美线条,那种生活引人神往。寺庙的院子四周被甜柿、茱萸、枇杷所围,也令人心旷神怡。

何况主殿里还有南岳所作的雁画。

与南岳共同生活了十年之久的里子,同南岳一样,对孤峰庵钟爱难舍。现在想来,南岳为孤峰庵作雁画而没向慈海索取分文,也许是有着死后委身于此地的打算。里子想,假如南岳真是如此想的,那么孤峰庵也将是自己最后的居所。

慈海的长相不像个出家人,有俗人情调,而且笑容带着稚气,这也颇得里子的好感。

"老衲受南岳嘱托啦。"

在慈海如此说着并亲近里子时,里子既感到被宠爱的喜悦,又觉得可悲,双腿紧绷。而在自己委身于慈海的瞬间,那映在屏风上的影子是怎么回事呢?里子分明感到自己突然受到了威吓。也许是慈念。那个大脑袋小和尚的身影立即离屏风而去,掠过里子的醉意朦胧的脑际,消失了。慈海的气力不亚于年轻人,在被他压在颇硬的地席上时,里子一直在听穿过自己后背的风的声音。那时所见的影子会是什么呢？直到多年之后，才有了答案。

二

在孤峰庵背后的竹丛至衣笠山山麓的疏林中，有一棵米楮树。这棵米楮树无枝无叶，宛如一根巨大的黑棒插入空中。近树根的下端，又粗又壮，估计需两人才能合抱。

在这棵米楮树的顶上栖着一只鹞鹰，也不知何时飞来的。树的顶端仿佛被锯了似的折断了，鹞鹰栖于其上，在白色天空的衬托下，宛如一件标本摆设。

但是，鹞鹰时而会在孤峰庵的库堂以及主殿的上空盘旋，划出圆形的轨迹，又缓又稳地飞翔；时而又会驻足于库堂屋顶两端的兽头瓦上，睥睨着铺着白色沙石的庭院。每当此时，鹰眼四望，炯炯闪亮。

"啊，好可怕！师父，那鹞鹰又栖在米楮树上了。"里子在隐室深处的檐廊端头，踮起脚喊道。

"它在瞄准塘中的鲤鱼哪，这个混账东西。"

慈海答道。里子抬起虚肿的眼睑，睁大眼睛朝和尚望去。

"鹞鹰是想避人耳目。鲤鱼头一旦露出水面,鹞鹰就会俯冲下来哪。"

"鹞鹰捕得大鲤鱼,是怎么搬运的呢?"

"鹞鹰聪敏得很。先用喙叼住,再用双爪夹鱼而起,到空中扔下来,等鲤鱼落地毙命后带回巢去。身手不凡哪。"

"这可不行。该给池塘张上网。"

里子像个孩子似的说道。闻言,慈海脸上显出"尽说些蠢话"的神态,进屋去了。

里子很无聊,每天无所事事。慈海几乎每天忙得不亦乐乎,又要巡访檀越,又要往本山出头露面;里子却只能整天在库堂深处的这间隐室里枯坐。起初,里子感到寺院生活很新鲜,对煤烟熏黑的库堂灶台、账房、库房,以至寺院的各个角落,都觉得新奇有趣。而习以为常之后,就感到地板高铺的寺院冷冰冰的,毕竟与花屋二楼的六铺席房间不同。

里子的居室有六铺席大,在慈海居室的里侧。室内,只是南面有四扇拉门,其余三面全是墙壁。里子把木被炉置于房间中央,再把从出町带来的红花图案的丝绸盖被覆在炉桌上。

慈海得暇便坐到里子的身侧，双腿伸进被炉。慈海的性欲不同于南岳。里子认为，这是由于慈海从行脚僧时期起就过着独身生活，迄今为止蓄积下来的欲念终于得到释放，所以喷薄而出。事实也是如此，慈海会在无论上午或中午来向里子求欢。里子对这样的慈海并不特别反感。而南岳呢，夜里多是抚摸着里子的细腰，抚摸着里子的臀部，投以欣赏的目光，乐在秀色可餐中。南岳较少像慈海那样乐于实际过程。委身于慈海后，里子也就体会到自己在南岳那里不曾获得的满足。里子是来寺院后才成了真正意义上的女人。

里子同慈海一起生活，可说一次口角也不曾有过。令里子感到别扭的，当是小和尚慈念。

说句心里话，里子总感到慈念不讨人喜欢。首先是因为这少年长得头大身体小，比例很不协调，像个残疾人。虽说性格非其相所示，既质朴也言听计从，但看人时那种阴郁的眼神，令里子不能忍受。

"师父，那个孩子呀，你是从哪里觅来的呀？"

里子与慈海共枕时，询问过此事。

"那个小家伙吗?"慈海说,"是若狭①地方寺院里一个木匠的孩子。本山进行修缮时,悄悄地拜托我,由若狭本乡西安寺的和尚带来了。说是个成绩很好的孩子,所以拜托了。孩子脑袋大,容量亦大,当很聪敏。"

敢情如此。由前冲的前额到凸出的后脑勺来看,脑容量充沛,准定很聪敏,里子心想。

"在中学里成绩很好吗?"

"得了第一名。是个有出息的孩子哪。在乡里嘛,获得过酒井藩主的奖学金,把奖状也带来了。在小学也常常是第一名。伶俐的孩子多在本山有往生寺呢。那就会成为伟人。讨人喜爱。"

慈海说着,发出鼾声,进入梦乡。泄欲后鼾睡一个小时左右,乃是慈海的常习。

那个若狭地方寺院的木匠子弟,十岁时离开母亲,来此寺院出家为僧。那寺院木匠的家庭情况,里子不得而知,真亏他们想得出,千方百计也要把孩子送到这种寺庙来。里子

---

① 若狭:日本旧国名,位于今福井县西南部。

便觉得，那么，慈念那洼陷的两眼深处无日不饱含哀伤的眼神，也是难怪的。里子想，若是自己，决计不会把孩子送走的。

事实上，慈念在孤峰庵是很孤独的。慈念的住处是库堂门侧铺有地板的小间，三铺席大。在小间的里侧，仅铺有一张地席，慈念铺上了一条黑色盖被，席地而睡，脚跟前放有一只柳条箱。小间有一个格子方窗，开在高过慈念身子的地方，每天大概只有三个小时可迎来阳光。本有一扇东向窗，竟被主殿屋檐的端处所遮，不见阳光。慈念的日课之一，就是在投下格子窗影的阳光下抄写《观音经》。

慈念的日课是清晨五点起身，洗漱，勤行①，烧饭。完后，在库堂的厨房置席进早餐。八点半离寺，由山路抵鞍马口，穿过千本大道，至北大路大德寺西侧的紫野中学。该中学原名"般若林"，是禅林各派为培育徒弟而经办的，后奉命而改成现制，并设有军训教练，学生必须着制服裹腿进校。由于学校的前身是"般若林"，学校的课程安排也就考

---

① 勤行：佛教语。指在规定时间内诵经、念佛、拜佛、烧香等。

虑到小和尚忙于寺务的实际情况，上课在中午前结束。慈念放学后径直往衣笠山方向回来，下午一点抵寺，吃午饭。两点起作务①，内容是打扫卫生。有时也要劈柴，要为庭院锄草。厕所里的粪便积多了，也必须舀出来。作务要持续到日落。六点回到库堂，准备晚饭。晚饭结束，已到八点。然后笔记经文。十点就寝。

目睹慈念的日常生活，里子深感禅寺的修行真够受的。里子心想，普通人家的孩子在这个年龄上还在向父母撒娇呢。每天刻板无变地严守这种规定的日课，怎么不辛劳？一般人，头痛脑热，什么也不想干的情况不会没有，难道孩子竟然没有这种意外情况吗？但里子从未听慈念说过身体不适的话。对于这个默默干活、坚持不懈地完成日课的孩子，里子忽然萌生了好奇心。

"难道这种生活是那个孩子求之不得的吗?!"看来，那寺院木匠的家庭一定很穷困。假如是那些既有温暖的被窝又受父母宠爱的孩子被送入寺院，准定忍受不了如此辛劳的修

---

① 作务：佛教语。指僧侣做杂役等各种体力劳动，与坐禅一样被视为重要的修行之一。

行课业。想到这些，里子亟想知道慈念是生长在什么样的家庭里的，又是什么原因使他感到现在的生活求之不得。

冬去春来，三月初的天气依然是寒风袭人。里子穿着庭院木屐，由隐室后侧步入庭院。慈海外出拜访檀越，没在家。

慈念在水池彼侧假山的枫树下除草。说是除草，其实庭园的桧叶金藓间也长不出什么。但是慈念对待作务一点不含糊。桧叶金藓有着茶褐色根部，越向上，会渐渐呈现出青色，但在此三月初的节令里，尚呈现着枯黄色。在桧叶金藓之间，长出了小指那么大的丛草。一旦置之不理，蔓延开来的丛草会伤害桧叶金藓。慈海命慈念必须在春季根除这些草。近来，慈念放学一回来就去除草。小草破开冬土而出，草根牢实。慈念的手指尚小，其力不足拔除，所以使用小竹刀。他把小刀插入泥土，用拇指按住小草，先切断其根，再一根根地拔除。草全部丢入事先准备好的厚纸板箱，那箱子大如装橘子的纸板箱。

慈念专心致志地拔着草。引自衣笠山的水哗哗地注入池里。里子穿着木屐，踏着假山的石阶走上来，慈念对此好像没有察觉。

"慈念哪，"里子站在茶室前不远处招呼慈念道，"休息一下吧，师父不在家。"

里子接着把两块收在和服衣袖里的柿饼放在茶室的檐廊上。

"我说，这儿，你到这儿来呀。"

慈念用惶恐的眼神看着里子。里子对这种眼神感到不解，她本以为慈念会高兴地奔来。

"我说，你不过来吗？"

慈念依然把手搭在放草的箱子边缘，蹲着没动。膝盖处已破的劳动裤裙①下面露出了磨破的布袄。留神细看，慈念的脸有些发肿。像是哭泣过似的，眼睑因充血而红肿了。里子便仔细观察，发现慈念似乎确实哭过，两处眼睑都不干净，像是沾了手上的泥土。

---

① 劳动裤裙：一种妇女作业服，裤管可以紧扎，裙腰宽松，可将衣摆塞入，本为日本东北地区常用，第二次世界大战期间流行至日本全国。

"慈念呀，你的名字叫舍吉吧。"

里子有意引对方说话。

"是。"

这是慈念首次回话。

"父亲母亲的身体都好吧？"

"好。"

"有信来吧？"

"有。"

"你过来呀。喏，柿饼。"

茶室有六铺席大，传统的茶室结构，建在假山上，带有点缀的格调。室门难得开启，雨露使积有灰土的门槛以及檐廊的地板显得脏兮兮的。里子呼呼地吐气吹了吹，坐了下来。

慈念慢慢走来，上到里子身旁时，头上的汗酸臭直呛人鼻，里子不禁为之屏息。也许是饿了，慈念拿起里子给的柿饼，放入口中，大嚼有声。牙齿挺白的。

"我说，想念妈妈吧？"

此话一出口，里子不禁脸红了，大概觉得自己说了非常不负责任的话。这孩子是忘了母亲，一心来佛门修行的呀。里子感到难为情，自己竟然没想及这一点。萌生歉意的里子，看看默然无语咬着柿饼的慈念，又说了：

"慈念呀，我呢，家有老父，是制作膏药的，称做麦秸膏药。他年纪已经很大了，还在努力地制作膏药哪。"

里子感到，慈念听着听着，脸上微现开朗的神情，便接着往下说道：

"母亲去世了。但有继母在。我从小被送出去帮佣，各种苦都吃过。现在是受这里的师父照料，但小时候，同你一样，受尽了苦哪。"

慈念眨巴着洼陷的双眼，聚精会神地听着。

"慈念你呢，想当和尚吧。有出息。前途也有指望了。随师父厚积修行，然后登堂入室。学校毕业，到禅堂当行脚僧，成为寺院的和尚。你师父也是这么过来的。真不错呀。我呢，一个女流之辈，没有前途可言。再努力，也只能指望别人照料，没有其他出路。"

慈念本是目不转睛地看着里子，现见里子顿时表情抑郁，赶快说道：

"太太，那麦秸膏药是怎么制作的呀？"

"你是说膏药呀，"里子咯咯大笑，颔下犹如白色糯米糕似的双下巴颤动着，"在薄片上涂以松脂，并排放上五根麦秸，像裹槲叶糕那样压紧，就成膏药了。"

慈念也笑了。里子觉得这当是自己第一次看到慈念有笑容。而里子在讲了老家的事后，很难得地，心情安详了。是什么原因，竟会在这种时候说起压根儿早已忘却的八条坊城的伊三郎呢？里子自己也感到莫名其妙。

里子十三岁时，到五条坂的小饭馆干活，其间回八条的老家省亲的次数，可说屈指可数。父亲伊三郎呢，正如里子方才对慈念所说的那样，是个小本经营的膏药生产商。他先把竹子、杉柏之类的薄皮切成方形，又在锅里放进松脂和黑粉的混合物，搁到炭炉上煮成泥状，然后用毛刷蘸上这泥状液体，往薄皮上涂一层，铺上斩成筷子长短的麦秸；松脂发干后，剪去两端的麦秸，再把已涂好松脂的薄皮叠上去；嗣后，伊三郎贴上印有"桐原才天堂谨制麦秸膏药。专治跌打损伤、疼痛、风湿痛"字样的木板水印和纸标签。当时的定价是三钱。它就好比现今的"贵真膏""脱苦海"之类的消炎镇痛药品，价格不能算廉。伊三郎把膏药放进篓筐，骑上自行车，销往京都的南部、鸟羽、伏见、久世等地的村庄。里子常因靠近父亲那作坊里熬松脂的锅旁边而挨骂。母亲死后，在现在的继母阿达还没来的日子里，里子经常深感孤独，以泪洗面。伊三郎每回外出都把门锁上，里子只得在八条老家那低檐平房的阴暗角落等待。

"慈念哪，"里子说，"吃些苦，算不了什么。你呀，要坚持住。你会成为出色的和尚的。"

里子从茶室的檐廊起身时，木屐因屐带松弛而被石头绊住，半个身体斜倾，两膝叉开，露出了红色衬裙。

此时，慈念朝里子瞪大了双眼。里子发出啊唷啊唷声，站正了欲倒的身体，赶紧用手按住掀起的衣摆，却已感到有风吹进了大腿间。里子不禁朝慈念看去，却见慈念清澈的眼里闪过有似鹞鹰那样的光芒。

"这孩子！"里子想，"方才还是被他看到了哪！"

里子有这样的直觉，但她什么也没说，只是把投向慈念的视线移开而已。里子顺着假山的石阶往下走，回过头来说道：

"除了草，早点回屋去。师父今天被叫去做法事，又要被灌醉了才回来。你就早点回屋休息休息吧。"

茶室那里已经不见慈念的身影，只见有个大脑袋向枫树枝下奔去。

三

慈海和尚爱抚里子的表现一如既往，但从夏初时分起，慈海的言行举措开始显示某些变化。平时酒后红润发亮的脸色，出梅之后显出了憔悴相。下眼睑也松弛了，有黑晕。慈海常自夸生有一对比常人大一倍的耳朵，以及耳下有丰颐的颚部，然而两颊现已失去了光泽。五十八岁的人，不可讳言已步入了老年阶段。脸颊和手掌部位出现老人斑，正是从这个年龄开始的。虽说本可以不那么在意，但正因为他平日里自称体力充沛，自诩气色不凡，故而此次容貌的衰颓十分显目。

"师父，你近来怎么啦？"里子有点不放心地问。

"什么事也没有。身体任何地方都没有异常啊！"对于里子的不安，慈海付之一笑，"都被你吸干了呀。"

确实，自里子来后，慈海可说是用了二十来岁青年人的精力扑向里子。这才一年左右的时间，脸色便会出现如此大的变化吗？洗澡时，慈海见到自己的身子显得如此苍黑，也是大吃一惊。但是内脏不适或食欲不振的现象不曾有过，慈海也就不放在心上了。

"老衲我也五十八岁了呀。"

慈海说道。言下之意是自己已清楚意识到上了年纪。然而慈海并没觉察到自己有了暴躁易怒的现象。

慈海现在饮酒后，也不会像从前那样乘着酒兴，脱得只剩兜裆布手舞足蹈，他已失去这种蓬勃生气了。一旦多饮上几杯，会醉得蔫头耷脑。这样的现象，只有里子和慈念心里清楚。

"慈海师父也变样了。"

里子与慈海日日相处，清楚地感觉到了这一点。而原因是什么，里子不知道。寺院当不会有什么不幸的事。慈海一如往常，在慈念上学的时候，忙于接待来客。拜访檀越啦，往本山办事啦，也按部就班地进行着。会不会外出时遇上什么不顺心的事而耿耿于怀呢？里子揣测着加以观察，但似乎并没有这种迹象。慈海的脾气变得暴躁这一点，在对待里子的举动上已有所表现；对待慈念，当然更不用说了。

慈念独自一人行清晨的勤行，这是里子来寺院后的现象。慈海有时是抱着里子，还没醒；有时则是欲望强烈，清晨还会推醒里子。虽说隐室与主殿之间有檐廊可通行，但中间隔着一个书院，距离不算太近。但是，在里子的房间里，可以听到慈念清晨五时许的诵经声以及鱼板的响声。慈念在大堂勤行约需二十分钟。听那鱼板声和木鱼声缓慢下来，就可知勤行已近尾声。主殿供奉着释迦牟尼佛像。慈念向佛祖诵经后，会敲着引磬，口诵《般若心经》，顺檐廊而来。引磬上用带子系着一根铜棍，使劲敲击发出来的响声，要比正殿里的鱼板强烈得多。慈念通过檐廊的脚步声虽不可闻，但由引磬的声响，可以很清楚地知道慈念走到哪里了。慈念口诵《心经》，来到库堂。库堂大门旁侧铺着两张地席，一角置有韦驮天像，慈念便改在此处继续诵经。在韦驮天像前诵经约需十五分钟。这里没有置木鱼。韦驮天像被置于与慈念身高不相上下的高台上，供奉在墙上挖出的壁龛里，所以慈念是站着诵经的。在里子的屋里更能清晰地听到他的诵经声。在韦驮天像前诵经完毕，慈念便脱去袈裟和外衣，只穿着和服便装，开始烧水煮饭。慈海没受响声干扰，入睡依然。里子心里庆幸慈海睡着了。因为慈海有时耳听慈念诵经，手却不停地抚摸着里子。日课是一种修行，当是身为侍者的职责；然而身为住持的老和尚在爱抚着女人，侍者却在勤行，里子对此不能释怀。但里子对慈海唯命是从，从未有过违抗，所以光是有想法而已，没有开口表示过什么。

七月初的季节，潮湿闷热的天气不断。某天清晨，没听到慈念那惯常会传来的诵经声，该在睡梦中的慈海却从里子身旁腾身而起，直奔屋外。

里子不禁愕然。不为慈海难得早起，而是因为没听到慈念的诵经声。慈海连奔带跑地顺着檐廊而去。侧耳倾听，慈海的脚步停在库堂大门旁侧那三铺席大的地方，同时传来慈海在为什么事发怒的声音。里子瞠目静听。两三分钟后，慈海返回屋来。

"这个笨蛋，竟然睡迷糊了。主殿也没去，在呼呼大睡呢。"

慈海怒从中来地说着,掀起淡黄色的麻布被子,躺到里子身旁。

"是太累了。学校每天要操练嘛。"

"操练?那是怎么回事?"慈海大声发问,竖起长毛的耳朵。

"是呀。近来见报纸上说,所有的中学都有军人进驻。学生们扛着枪,接受军事训练哪。"

"蠢不可言!"慈海发出吼声,直刺里子的耳膜,"禅寺子弟接受军训,要去干什么呀!岂有此理!这算什么中学!"

"话是不错,可这是规定,没有办法的事。"

慈海怒睁的双眼略显平息,说道:"规定?是谁做出这种混账规定的?让禅寺子弟扛起枪杆子,要去干什么呀?"

"那就不知道了。是谁规定的嘛,也不得而知,但是都兴高采烈地扛起枪呢。"

"这算什么呀。"

"慈念也因为军训而累坏了。他是困极了呀。"

"那种事，修行中的小和尚能吃得消吗！"

慈海瞪眼看着里子，里子觉得慈海的斥责像是冲自己而来似的。不过她心里却在想，睡过了头也不过一天而已，不该责骂慈念。慈念一定是累极了。区区四尺的小身体，顶着那样大的一个脑袋，除非有不死之躯，谁也不能够胜任这样勤行、作务和上学的呀。里子在心里下意识地为慈念开脱。

"算了。不说了。明天起拴上绳子，拽起来。"

慈海咂咂舌，这样说道。色眼垂下，打褶的眼梢犹如鸟爪。他顺势摆弄起里子带有体温的内裙系带。早晨求欢已是老习惯。慈海的眼睛眯了又眯，用长毛的粗短手指掰开里子的衣襟。

当夜，慈念在九点半左右完成了抄经的日课，来到隐室的檐廊前，跪下了。

"师父，这么办可以了吗？"

慈念说话的声音死样怪气，他悄悄地透过隔扇的缝隙向里窥视。天气很热，里子手持团扇坐在垫子上，单腿支起，闻声一惊，慌忙并上双腿。

"什么事呀？"慈海朝隔扇方向问道。

"是这个。"

慈念通过隔扇的缝隙把麻绳的绳端给慈海看。

"可以，可以，这就行。"

慈海拿起绳端，拉近睡铺。

"我说，把你那一头的绳子绕在你的手上，明白了吗？"

慈海说道。隔扇的这一边，庭院中的月光映照出慈念矮小的身影。

"明白了吗？"慈海向那身影追问了一句。

"明白了。"

慈念轻声回答完毕，紧擦着地板移动步子，消失了。

慈念将麻绳拖过檐廊，拉至库堂。慈海满脸笑容，期待着明晨拽麻绳。慈念推开那三铺席小间的门，把麻绳穿过门缝，拖至一铺席大的睡席处。慈念轻拖慢拉，把绳端弄成圆圈，套住手腕，横身躺下，手腕处的皮肤还留有紫色的冻疮痕迹。屋里有扰人的蚊子，发出犹如主殿里鱼板余响似的嗡嗡声。慈念没有蚊帐。

麻绳代替了闹钟。次日凌晨，慈海罕有地在五时整睁开眼拉麻绳。抽动了两三次，通过檐廊拖至库堂的麻绳便浮上两三厘米，拉直了，随即，慈海的手上有了感应，那是慈念在抽动绳子。慈念按照慈海的方案，回拉几下麻绳，表示起身了。慈海眼见绳端沿地板退去，最终看不见后，露出了微笑。这种惩戒慈念睡过头的办法使里子感到他真是狠毒。但是，对于慈海每天早早醒来，带自己渐渐进入销魂境界的习惯，里子并不反感。里子的身体在静等着慈海。慈念敲响引磬，由檐廊渐渐远去的声音，以及在韦驮天像前诵经的声音，与隐室里的声响相唱和。

一心顶礼，万德圆满，释迦如来，真身舍利，本地法身，法界塔婆，我等礼敬，为我现身，入我我入，佛加持故，我证……

在韦驮天像前的诵经，于六时许以此偈语结束，已成惯例。渐渐地，这段偈语也被里子熟记。

实际上，里子来到孤峰庵后，身体健壮了，体重也增加了。丰润的肌肤一如既往，红艳有光泽。但是裸身时，可以发现腰部一带似乎已不再是昔日的那种柳姿蜂腰。腹部有了赘肉，出现了纹路，并开始有些松弛。这副身材，同其生母梨枝一模一样。当年，梨枝总是陪在制作麦秸膏药的伊三郎身旁，为炭炉扇火。在里子六岁那年，身体一向健壮的梨枝染上霍乱去世。里子想起，母亲在隔离医院生锈的病床上死去时，身体丰满，同活着时没什么两样。梨枝丰姿绰约，气韵不凡，里子继承了母亲的基因。

且说慈海，脸色虽发暗，但唯房事一日不可少。固然因为里子的身体足以受纳，归根结底，慈海是要探寻里子身体里令人永不厌倦的部分，牢记无尽无底的温柔乡情味。

"南岳对你长达十年不肯放手，现在我是明白了，阿里，你是我的菩萨、我的欢泉呀。"

慈海的音调激动高亢。里子心里明白，慈海尽管如此不顾一切地大献殷勤，在强烈的本能释放之后，却无非是近一个小时的沉睡，然后忘得干干净净。

出梅的节候来到后，马上面临盂兰盆节，慈海须至檀越家中诵棚经①。尤其虔诚的檀越家，往往选定死者的忌日行祭祀，参拜便是难免的事。而唯有盂兰盆节期间的七月十六日，家家打开佛坛上的小门，等待菩提寺的和尚前来行佛事，这已成惯例。至祭台诵棚经，限于十五日和十六日。亲属为新旧死者招魂，将佛坛上的灵牌并排移置于壁龛前或所设祭台上祭祀七天，至地藏盆祭为止。供品有置于荷叶上的黄瓜、甘薯、番茄、团子、点心、水果之类。一些小寺院平时得到本山拨下的俸钱有限，所以盂兰盆节可谓是获得登账财源的日子。

孤峰庵拥有五十八家檀越，多为京都市中心和西阵②一带的织布作坊。慈海一个人不可能在五十八家檀越间周旋，便擅自把檀越分成一级、二级、三级，三级檀越处的诵经事务就交给了慈念。慈念虽尚处于抄写《观音经》的阶段，但盂兰盆节上所需诵的棚经，已能背诵。慈海此前已将经文全

---

① 棚经：指日本盂兰盆会时，菩提寺里的僧人在佛龛或供桌前念的经。
② 西阵：日本京都市上京区的堀川以西、一条大街以北地区，自平安时代开始发展丝织业。

部口授慈念。

檀越家用的经文，主要有《般若心经》《大悲心陀罗尼》《消灾妙吉祥陀罗尼》《佛顶尊胜陀罗尼》《观世音菩萨普门品第二十五》之类，所以应付基本的佛事，慈念已无问题，唯缺《观音经》抄本了。

七月初的一天，慈海招呼慈念到隐室来。

"盂兰盆节就在眼前了，又得像去年那样外出参拜一番。白罩衣一定得清清爽爽，你洗干净了吗？"

"洗干净了。"

"《观音经》抄到什么程度了？"

"抄至'世尊妙相具'。"

"拿给我看看。"

慈海并非不信，而是想看看所抄经书的样子。

"是。"

慈念以额触地行礼后起身，向右一个转身，出去了。这是从学校军训课上学得的。慈念很快地从库堂返回隐室，把一册和纸的簿子递给慈海。簿子纸张粗糙，由纸捻装订而成，封面上写着"妙法莲华经观世音菩萨普门品第二十五"，并署有"孤峰庵侍者慈念记"。

"嗯——"

这是慈海得意时的习惯表现。慈海张着满是雀斑的鼻翼,缓缓地翻动纸张,只见慈念以墨笔恭书的"尔时无尽意菩萨"经文,字字正楷,一丝不苟。

"好,好,"慈海说着以满意的眼神看着慈念,换了个话题,"说你在学校接受军训,真有此事?"

"是的。"

"训练些什么呀?你倒说说。"

慈海瞪大了眼睛。而慈念在这种时候仍然面无表情,只是眨了眨洼陷的双眼。

"给大家配备了村田步枪①,学习擦拭枪支和射击。"

"有军人来学校吗?"

"是的。是特务兵上士,肩章上有三条金线。"

"当了学校的老师?"

"是的,就跟学校老师一样。"

---

① 村田步枪:旧日本陆军早期用枪支。1880 年由村田经芳开发的日本国产单发步枪。

"给你也配枪了吗?"

慈念沉默了。慈海此时询问这些事,无非是感到无论怎样训练,实在无法想象出眼前这个身高四尺许的慈念扛起军人枪支的样子。

"喔,我没有村田步枪。"

慈海的脸上露出安心的神态。

但慈念又说道:"我是用骑枪。"

"骑枪?"

"是的。就是骑兵背在身上的那种枪支,比大家的步枪短些,但也同我的肩高差不多。"

慈念示以作务服的肩部,脸上毫无表情,始终避开慈海的目光。

在一旁听着两人问答的里子,不明白慈念在想些什么,感到慈念的心真不可测。嘴上在回答师父的问题,神情却显得心不在焉。慈念总是一副面无表情的冷淡腔调——这也是里子初见慈念时的感觉。慈海蹲坐着,衣襟敞开,膝盖外露,裤裆里,因兜裆布松开,可以看到私处。

"师父,师父,你过来一下!"里子提高了嗓门,无视慈念在场,"我说,你那个宝贝玩意儿,被慈念瞧得一清二楚呢。"

慈海明白了里子的意思后,连连说着"噢,是那样呀,是那样呀",合上衣摆。此时,慈念的表情也不过是洼陷的眼白处瞬间动了动而已。

"真是个乖僻的孩子哪。"里子从身后为慈海系紧松开了的腰带,心里这么想,"古里古怪的腔调。这孩子在想些什么呢?完全不晓得!"

不过,放在慈海脚旁的《观音经》抄本封面上一手漂亮的毛笔字,连里子也不得不佩服。

里子开始感到慈念有些恐怖,大概就是从此时起的。慈海既然是慈念的师父,慈念再怎么闷声不响,总会有灵犀相通的地方。但是里子却不能明白慈念沉默的内涵。慈念同慈海对话时,里子尤其会有被疏远的感觉。这不是出于妒忌。说到底,慈念只对里子闭上心扉,不让她了解——这是里子的感觉,她认为,慈念带着一种反过来观察她的眼神。

盂兰盆节前的一个炎热的深夜。里子敞开着隐室的隔扇，只穿一件贴身衬衣，横身躺着。暑夜难眠，慈海又一天没在家。慈海从檀越家旋至本山的兄弟寺院源光寺，同彼处的和尚下了围棋，回寺已是凌晨一时之后，喝得醉醺醺的。里子像往常一样，为慈海系上漂白布护腰，换上夏日睡衣。慈海没等前襟系好，立刻把手伸向里子衬衣的肩带处。在炎热难眠的深夜，里子便顺从和尚所好，赤裸了身体，承受着慈海脸部的抚弄，里子禁不住发出了压抑的叫声，两脚悬空而蹬。和尚借着酒劲，纠缠得更凶。当发现慈海背后有一条黑影一闪而过，里子不禁一惊。隔扇敞开着，檐廊上装的又是玻璃门。月光映照着庭院的池塘水面，池面反射出对面佛堂的屋檐。里子依稀听到有人说话。

"师父。"

确实，从檐廊上传来影子的声音。

"师父，您是在叫我吗？"

慈海不由得撇开里子。

"怎么回事？"

慈海掩好睡衣的前襟，来到檐廊，看见慈念站在那里。

"我以为是师父在叫我呢。麻绳被拽动了。"

"你睡糊涂了吧。我没有叫你,没有叫你!"慈海接着又骂道,"行了,行了,回去睡觉!"

里子为之屏息。原来是里子的双足悬空蹬踏时,勾住了麻绳端头,拽动了麻绳。

"肯定被看到了。又被这孩子看到了。"

里子的眼前浮现出慈念那大脑袋下洼陷的双眼,原本兴奋的身子顿时冷却下来,仿佛泄了气似的。

慈海合上隔扇,黑暗中又叫里子过来。

四

莲沼良典是慈念就读的位于紫野大德寺的那所中学的老师,七月十二日那天,莲沼从学校来孤峰庵造访。事有不巧,慈海这天因感冒没起身。

到大门口出迎的,是慈念。慈念见班主任老师来访,脸色都变了。但是,老师来访,不能不禀告慈海。慈念便向隐室报告了此事。慈海为发汗,身上盖着厚被子,于是露出消瘦的髭脸,说道:

"请老师进来。"

慈念退下后,四十多岁的莲沼走进去。他身穿黑色布袍，外披紫色绫缎挂络①，身材修长。莲沼郑重其事地行拜礼，在门槛处双手触地。

"我睡倒在铺了。不知何事光临？先请进吧。"

慈海努力显示健康的声气，但旋即咳个不停。里子关好通里间的隔扇，来到慈海枕旁，向莲沼鞠躬致意后，细细观察了一番莲沼的脸，心头掠过一种直觉：准是来说慈念什么事的。

莲沼喝了茶，不慌不忙地开口了。调门不高，是老东京口音。

"为慈念的事，前来拜访。本学期不大来校上课了，有点不放心，想来问问怎么回事。这一学期缺席已达二十五天。无故缺席的话，教务处会在操行上扣分；而一个学期缺席二十五天之多，占全学期的三分之一了。要是因为师父这里的佛事、法事而缺席的话，希望今后能递交请假条。"

听到老师的这番套话，慈海是不用说了，连里子也瞪大

---

① 挂络：禅宗僧侣使用的简单袈裟。方形，挂于颈上，垂于胸前，较小。

了双眼。他都说了些什么？慈海剧咳不止，回应道：

"什么？慈念逃学……混账！每天离寺的呀。"

里子也深深点头。

轮到莲沼良典的脸色变了："这么说来，是慈念擅自所为？"

"随意缺席。付了那么贵的学费，作孽呀，"慈海大声说道，"阿里，把慈念叫来。"

里子不知所措。叫来不妥吧，当着老师的面。慈海肯定是要责骂一番的，假如热度因此升高的话……还是该劝阻一下。

"混账东西。我说，立刻把慈念叫来。"

慈海生起气来是不听劝的。里子不情不愿地来到库堂一看，慈念没在那三铺席大的小间里。里子沿着主殿的檐廊边找边叫，不见踪影。又穿上庭园木屐，从假山转向茶室，就看见慈念在枫树下的桧叶金藓处一心一意地除草，身旁放着盛草的箱子。

"慈念，"里子发出招呼，"师父叫你去呢。"

"是。"

慈念轻声应着站起身来。

"我说，你是不是偷偷地逃学了？老师来责问了呀。"

里子是尽可能把话说得婉转些。

"我讨厌军训。一提枪，就累得吃不消。"

慈念像诉苦似的仰望着里子，洼陷的双眼湿润了，眼睑红肿。里子想，又哭了哪。

"讨厌军训呀？"

"是的。一拿起枪，手臂立刻酸得厉害。"

慈念眼中诉苦的神色越发浓了，那近乎哀求的眼神，震撼了里子。

让如此弱小的身体去扛枪支，虽说是奉命而行，没有办法的事，可学校也太不像话啦……里子心里想。

"说得也是。现在老师来了，师父也在生气。你还是到隐室去一下吧。"

"是。"

慈念把小竹刀向桧叶金藓上掷去，只见刀子像有生命似的插在地上，发出哒哒哒的响声，微微颤动。

里子领着慈念来到隐室。慈海与莲沼前一刻还谈笑风生，一见里子到来，立时中断了谈话。

"慈念，"慈海把盖被的半边掀开，抬起身说道，"你为什么旷课呀？付了那么贵的学费，你却逃学，为什么呀？说说你的理由。"

莲沼似乎有些拘束地看看里子后，也转向慈念。慈念只是微微动了动沾有草汁并哭肿了的眼睛，这样回答道：

"要军训，我感到讨厌。师父，军训折磨死我啦。"

"你说什么？"慈海不禁看了看里子，欲言又止。

"你说你感到讨厌？可这是军训课呀，"莲沼插话，"这是奉文部省的《中学校令施行规则》定下的，毫无办法的事。从二年级起，要从徒步操练升为持枪操练。上面是这样指示的……"莲沼的这番话，既像是对慈海又像是对慈念来说的，"就是说，军训课是一门必修课，不上军训课的话，不能毕业。特务兵上士在升学会议上有很大的发言权。"

慈念低着头，结结巴巴地对慈海说道：

"师父，恳求您去说说情，训练课别持枪。枪支长得有我肩膀那么高，拿不了。"

"哦——"莲沼发出一声怪音，说道，"果然是这么回事呀。"

接着，莲沼转向慈海，说道：

"我常常透过窗子观看二年级学生在校园里军训的情形，确实，慈念同学比别人矮小，排在最后。比如排成横队，当要求向右转或向左转时，唯有慈念同学必须比别人加倍地快跑才能跟上。看上去就令人同情。在横队的情况下，排在右侧的高身材学生只需按照口令，简单地向左或向右转一下身子。而排在最左端的慈念同学必须快跑才能到达自己在一列横队尾端的位置。要是扛着枪支，更是累人。不过，这只是眼下不得不忍耐的事，慈念同学马上就会长高的呀，不是吗？"这时莲沼转向慈念，说道，"作为中学生，中学的课程完不成，等于零。"

里子一直默默地听着，她觉得慈念讨厌军训的心情也能理解。弱小的身子，当然不能像其他人那样拿起枪支。中学教程的规范，是以学生的标准身高为准绳设定的。而慈念的身高只有小学三年级学生的程度。

"明白了，明白了，"这时慈海大声说道，"慈念，明天起，尽力去上好军训课。学费不能白交，中学不能毕业，行脚僧也当不成的。怎么样，咬咬牙，上学校去，嗯？"

慈海向莲沼道声"失礼了"，横身躺下，像是有点畏寒。

在檐廊的一角，慈念又哭了。莲沼良典冷冷地看看他，显出一副遇上了麻烦孩子的神情。同情也没用，没有经费来为这个孩子设置特别班级。

"坚持到长大，咬咬牙，去上学吧，"莲沼说着，对里子也点头致意后，离座起身，"今天惊扰了贵恙，深感抱歉。除了缺席问题，各门学科的成绩是没得说的。慈念同学是不错的好学生。下学期不要再缺席。务请多加关心。"

莲沼老师以套话结束谈话，告辞了。慈海和尚的热度上升，没再对慈念说什么。

里子把莲沼良典送到大门口，直接转往主殿的后面。孤峰庵的主殿呈回廊样式，正殿置有佛坛的部分向后凸出，其下是仓库，随意地堆放着施食会①的旗帜、地藏盆祭上用的台阶板之类杂物。里子走到这个杂物间背面，随意望了望后

---

① 施食会：在日本，除真宗外，各宗派在盂兰盆会活动中均为无人祭祀的死者和祖先做佛事。

园，停下了脚步。只见慈念正凝视池面而立。里子本以为他是在茶室旁的假山上除草，不料竟直立在池中小岛上注视着池面，纹丝不动，好像没有察觉到站在檐廊上的里子。池面浮有嫩绿色的菱叶，到处可见带刺的菱角。水声潺潺，轻微的脚步声看来能被水声所盖。里子想知道慈念在看什么。她以为是看鲤鱼。这时，慈念突然在头顶处扬手一挥，刷地一下，向水面投掷了什么，随即晃动大脑袋，注视着某一点。里子见状，也蹲下身子，从檐廊远望池面。那一刹那，她险些惊呼出声。只见一条灰色的鲤鱼，背上插着小竹刀，划开水面游去。菱叶被小竹刀拨开，豉甲惊散。那是条一尺来长的大纹鲤，被刺的鱼背在出血。鱼血在水面上呈线状向前窜，犹如浮游的毛线。

里子想叱责慈念，但止住了。她心想：可怕的孩子，真不知道会干出什么事来。

里子悄悄地从檐廊转向主殿旁，返回隐室，此时的慈海，一条湿毛巾半搭在冒汗气的脸部，鼾声可闻。

里子没把在后园看到的事告诉慈海。

里子认为，慈念之所以用除草的小竹刀投刺鲤鱼，无疑是要把心里的愤恨掷向池里的生物，因为学校的老师来告状，旷课的事被慈海所知。慈念在孤峰庵是孤独的。想找谁发泄，也没处可找，又不能用狂叫来泄愤。大喊大叫会遭到慈海的责骂。慈念只有面壁消愤，只有到枫树下、假山下去哭泣。里子感到慈念很可悲，于是，再次觉得慈念不胜可怜，想象由此朝着慈念幼时，即名为"舍吉"的时代而去。

然而，里子只知道慈念是若狭地方某寺院木匠的孩子，此外一无所知。里子想，要想摆脱对慈念的恐惧感，唯有了解慈念的详情才行——她得暇就向慈海和尚打听慈念家乡的事，但是慈海好像也不清楚底细。一个脑袋大身子矮的孩子。生出这样一个孩子的那位母亲是抱着什么心情，把孩子送进寺院的呢？

真想见一见这位母亲。不，更想了解慈念在母亲身旁时的生活情况。那时候的他，难道也同在孤峰庵一样，沉默寡言、郁郁寡欢、白眼看人世吗？里子的关注开始集中在慈念的过去上。

这时，里子得到一个求之不得的好消息。在盂兰盆节过后，秋风起的时候，有封信寄到了孤峰庵。寄信人是福井县大饭郡本乡村底仓部落的西安寺住持木田默堂。收信人嘛，当然写着"慈海大和尚侍史①"。里子不能擅自拆信。慈海拆信读过后，说道：

"阿里，西安寺的和尚要来此地啦。"

"是有事而来吗？"

"赴本山出差。"

"在哪儿下榻呢？"

"当然在本山。宗亲寺大多在那里，我们什么都不用操心。"慈海是这样领会里子询问的含义的。

"师父，"里子冒出了另外的事，"是领慈念来的那位和尚吧？"

"是呀。这孩子是西安寺和尚带来的呀。四年了，很想见见吧。"

慈海说道。虽说不是自己的亲生子，总归是同乡木匠的儿子呀。慈念的木匠父亲经西安寺住持所荐，来协助本山的

---

① 侍史：此处为书信的腋附用语。写在收信人姓名左下侧，意为"请侍史递交"，向对方表达敬意。

改建工程，藉此缘分，慈念来到寺院。

"住持和尚出差来本山，当会弯到这儿来。是个爱喝酒的和尚呀。来寺里的话，就请他喝一杯浸药补酒。你也加入，一起共饮。"

里子翘首盼望着这一天到来。

在第三天上，木田默堂推开孤峰庵拴铁链的耳门，大步迈进来，罗纱黄衣的下摆提至膝盖处，后襟掖于腰带处，露出了小腿的毛。第一次见面，里子有些吃惊，默堂比想象中的年轻得多。据说不过四十四岁，十四年前离开建仁寺的禅堂，径赴若狭的西安寺任职。默堂高鼻宽额，一副聪明相，听说兼任着村公所的书记员。晒得黝黑的面容上五官端正，所以，举措和衣装的乡土气息更是显目。

默堂和尚步入僧堂大门，看到出来接待的侍者慈念后，摆出明显的傲然表情，说道：

"阿舍，阿舍，长大了哪。"

慈念双手触地，依然是那样面无表情地看着默堂，但有点吃惊似的吐出了这样一句：

"是村里的师父呀。"

听到"舍吉"这称呼,慈念心头涌起了什么样的情感,脸上没有显露。而默堂眼中,看到的则是从前的舍吉经历一番辛苦后长大成人了,看到慈念日见沉稳了。

"阿舍,你爸你妈都健康着呢,放心吧。"

默堂说着,站在台阶上留神望了下里面的隐室,把手伸进头陀袋①,随即掏出一个方形小纸包和一个信封状的东西。

"这个是你妈给的,这是勘治的信。"接着,默堂对着慈念那大脑袋旁冒出来的小蘑菇状黑耳朵低语,"你一定想要的吧……这是我的意思,给,钱币一元。"

背囊中发出叮当响。默堂说着用拇指和食指摩擦着两枚币值五十钱的银币,塞到毫无表情跪着的慈念手里。

接着,默堂吩咐说:"好了,去向隐室通报一声,说我来到。"

里子和慈海都为稀客上门而展露笑容。慈海因来了酒友而像孩子似的笑逐颜开,走到库堂和隐室之间的檐廊上

---

① 头陀袋:游方僧背的行囊。

迎客。

木田默堂进屋即行三拜之礼，双手贴席，前额紧擦着地席，礼拜三次。禅寺本就有此礼仪，何况慈海是在灯全禅堂师事过奇峨窟独石和尚，并获得印可①的和尚，被乡寺的年轻住持尊为父师辈，也是顺理成章的事。

慈念制作的蔓菜拌芝麻和豆腐羹立刻端了上来，两位住持开始饮酒。里子坐在一旁伺候。

在显出些醉意的时候，里子注意到对方眼睑已泛红，就开口了：

"慈念长大成人了吧？"

"成大人了。多承照料。太太，这孩子礼仪也学到手了，一表人才，都认不出来了。"

默堂再三低头行礼，大概表示感谢吧。

"去年秋天行过剃度礼了。"慈海说道。

"是吗？"

"葬礼啦，诵棚经啦，已能胜任。佛事也没问题。还能

---

① 印可：佛教语，指师父对弟子的开悟予以证实并认可。

熟记经文，"说到这里，慈海换了种口气，接着说道，"不过，中学嘛，能不能毕业，正在节骨眼上呢。"

"怎么回事呀？"

默堂脸露担忧神色。

"说是讨厌军训。有军训课，就逃学。这种脾气，叫人操心哪。"

里子见客人有点莫名其妙的样子，就接过慈海的话头，作了说明。

木田默堂听后，脸色有点沉郁。

"唔，又要多加费心啦。"

默堂嘴上这么说，心里却像在想着别的事。里子从他表情上也看出了这一点。

里子心想，这孩子，准是在村里有过什么事……所以才如此少言寡语，一副阴沉沉的样子……

"师父，西安寺的师父，方便的话，能请您今晚将慈念小时候的事情说一说吗？我们呀，不能一无所知。这孩子一天天长大，总会遇到些我们难处理的事哪。"

木田默堂咕嘟咕嘟一口气饮干杯中的酒，放低了嗓音，说道:"是有些特别呢。这孩子哪,喏,是丢弃在阿弥陀堂的弃儿呀。"

慈海面带微笑,可能是早就知道了。但是里子的脸色越来越苍白,她问道:

"这是真的吗?师父,你知道?"

"我吗?"慈海像是不耐烦似的,拿起酒壶说道,"阿里,就因为被舍弃了,所以才叫舍吉。有什么可奇怪的?"

五

"阿弥陀堂是位于底仓部落西端乞食谷的佛堂。冬天里,佛堂成了乞丐的栖宿地。佛堂供奉着阿弥陀佛的巨大木像,木像前会有些供品,饥饿的众乞丐看中这些供品,纷纷聚拢过来……"

默堂的兴致上来后,也不管库堂那儿会不会听到,嗓音高了起来。

"佛堂里来过一个女乞丐,叫阿菊,唔,二十二三岁吧。每年秋天都来村里讨糕饼。那一年,阿菊有孕在身。那个冬天多雪,阿菊就在佛堂生产。嘿,村民们搬被褥,烧热水,这个热闹呀。产下的是一个男婴……"

里子脸色苍白，聚精会神地听着默堂讲述。

"就是说，谁是婴儿的父亲，没人知道。唔，都猜是村里的哪个小伙子或者鳏夫，可就是没有人出来认账。大家束手无策。阿菊是个乞丐，一旦冬去春来，不得不流落他处行乞，她希望有谁肯收养这个婴儿。当时，阿角正好从工作的地方回来，他爽快地应允下来，把这孩子抱回了家。"

慈海微笑着继续喝酒。尽管眼露趣味盎然的神色，心里却总还记挂着正在温的酒。里子亟想知道下文：

"后来呢？后来怎样？"

"怎么说呢。嘿，阿角已有四个孩子哪。现在又领一个婴儿来。这下要同时对付两个婴儿，阿角的妻子再怎么吃得苦耐得劳，要她哺育乞丐的婴儿，当然不乐意。"

"那么，怎么办呢？"

"阿角是很有男子气概的人，终于说服妻子，把婴儿一天天养大。但是出了倒霉的事。那年冬天，阿菊睡在阿弥陀佛堂的杂物堆里时，大概是压住婴儿的脑袋了吧。多半是因为天气寒冷，哺乳时候紧抱着不离身，睡着了，所以这孩子的脑袋就成了这副样子。"

"是叫'锛儿头'吧？"

"'锛儿头'？在村子里呀，嘿，孩子们欺侮他，叫他'军舰头'。本是个认真上学的好孩子哪。也不知什么时候开始的，说是不满意自己的'舍吉'这个名字，要父亲改名，但是阿角不予理会。"

里子觉得这下全都明白了。面对意外的事实，里子脸色煞白。而与此同时，事情又给里子带来一种满足感，可谓不胜滑稽。

"西安寺老兄，弃儿嘛，有什么可多说的。"

喝得醉醺醺的慈海看看里子苍白的脸，这么说道。里子不能释怀。

"哦，若狭的师父，"里子放低了嗓音，"这孩子，以为养母就是自己的生母啦？"

"是这么认为的。养母是完全视同亲生孩子那样抚育他长大的。脑袋大身体小，这是唯一的缺点……论聪敏程度的话，全村第一名呢。"

"哦，是吗？"

里子不禁脱口而出。以前听到过命运多舛之类的话，慈念就是这种情况。里子想起那天坐在茶室的檐廊上谈到老父亲卖麦秸膏药时慈念不声不响的神态。还有比里子更苦命的人呢。里子有父亲在,有母亲在,而慈念没有。

"自那以后,乞丐阿菊没再来过吗?"

西安寺住持用手擦着嘴角,说道:

"没遇见过。据说那养母叱责了阿菊,叫她不要再到村里来乞讨糕饼了。说是既然一视同仁地抚养,就是自己亲生的孩子。从此,阿菊就消失了。春来夏往,阿菊没来乞讨过。虽说阿菊是乞丐,可舍吉毕竟是她亲骨肉呀。真是令人心酸哪。"

里子潸然泪下。

这时,库堂传来了叮叮叮的引磬声。已到慈念在向韦驮天诵夜经的时刻。

当夜,很难得的,慈海没向里子求欢,立刻就寝了。里子却失眠了。脑海里的慈念成长经历拂之不去。里子感到自己对于慈念的认识产生了巨变。现在,慈念的大脑袋、洼陷的双眼、白眼看人的眼神、不招人喜欢的腔调,都使里子神伤,更觉得他值得怜悯。里子从慈海身旁悄然起身,走出隐室，想看看慈念在库堂那三铺席大的小间里做些什么。也许已经睡了吧。还没睡的话，里子很想和他聊聊。于是，里子蹑手蹑脚穿过檐廊，在小间门口站停。屋里亮着灯。里子向里张望，见慈念正坐在地席上伏案抄经。

"慈念呀，你还没睡吗？"

里子靠近慈念身旁。慈念一惊，抬眼望望里子，然后搁下笔，翻着白眼盯着里子。

"为什么这样看我呀？"里子在慈念身旁坐下，"慈念呀——"

一股爱怜之情涌上心头。里子再也无法压抑，不禁从身后紧紧抱住了慈念。

"慈念呀，你真是不幸。我全听说了。"

里子喘息着，亲切地说道。慈念把脑袋在里子丰满白嫩的乳房上蹭，凝望着里子，眼睛似乎湿润了。里子把慈念夹在双膝间。慈念那带着汗酸味的脸面轻轻擦着里子的乳房。一阵激情袭来，里子将慈念的脸按在双乳之间，说道："全给你。凡是我有的，全给你。"

慈念顿时竭尽全身的气力，推倒里子。格子窗外一阵风刮过，庭树的枝叶摇动声大作。

慈海的感冒久不见愈。在西安寺的默堂和尚回去后的第十天上，总算起了床。待庭院里的红叶、山枫都已染上美丽色彩时候，南岳去世一周年的忌日——二十日到来了。

南岳的妻子岸本秀子和徒弟南窗来到孤峰庵，步入寂静的主殿。慈海没让里子出面。他从灵牌堂取出南岳的灵牌，置于佛坛前的金襕佛垫上，然后往香炉焚香，诵经。诵经途中，慈海不时咳嗽。由于大病初愈，在南窗和秀子看来，慈海和尚要比一年前憔悴。虽说已剃须修面，但病相难隐。慈海一在正殿的绯色大蒲团上坐下，慈念便立刻在诵经领唱僧的小蒲团上坐定，晃动着大脑袋，敲打雕刻成鱼状的大木鱼。在慈海诵经完毕、行将结束佛事的时候，阳光照到铺着白沙石的庭院里，主殿亮堂起来。南窗陪同秀子看着隔扇上的画作，移步而行。

"不论何时来看，雁都像是活的。"

南窗缅怀着恩师，缓步由下堂至上堂，仔细地欣赏着四扇联成的隔扇。突然，南窗止步问道：

"师父，恩师南岳在此住了多久？"

"这个嘛，"慈海拿起引磬，侧着脑袋，信口答道，"大概有十年吧。"

"十年呀——是吗？"

"在这里借居了有十年吗？"秀子插话，"老是说孤峰庵好极了，无可挑剔哪。"

秀子比南岳小五岁，六十刚出头，比起南岳在世时，现在两颊倒更丰润了一些。慈海有点纳闷，望着秀子长脸秀鼻的侧影，说道：

"太太是一点没变样哪。"

秀子从丧服的袖口取出手绢，利索地按按前额。秀子出身于风俗名所祇园。玩世不恭的南岳随处寻花问柳，不论是小饭馆的，或是艺伎馆的，均顺手携至家中，旋即又分手。而这些女人，又无不是从二流场所选来的。秀子曾在八坂下东新地的"丰川"伎馆当艺伎，是伺候南岳至临终的人。慈海早就认识秀子，可见他同这个女人交往，至今也有颇长的岁月了。

"师父也一点儿都没变哪。还是那样神采奕奕哪。"

秀子说道。南窗和秀子离开大堂，嗣后来到位于衣笠山麓的孤峰庵的墓地。慈念拿着小木桶和点燃的线香，走在前面引路，香的烟向后飘散。南窗望着身材矮小的"军舰头"慈念，想起恩师临终前一天的事，想起南岳呼唤"阿里"时的凄苦神色。

在衣笠山生有小松树的地面上，从墓地的一端开始，里白①的叶子长得十分茂盛。踏上沾有落叶的湿泥土，松鸦惊飞而起。南窗和秀子听着慈念念诵墓经，诵声清越。土葬埋骨的南岳墓前，墓石是一块高高的自然石材，镌刻有"秀岳院南灯一见居士"，字上已生青苔。秀子口诵着"南无阿弥陀佛、南无阿弥陀佛"，把小木桶里的水浇在墓石上。

诵经完毕，岸本秀子在立着塔婆②的墓石间穿梭而行，一边问慈念道：

"慈念，师父有妻室了吗？"

---

① 里白：里白科常绿羊齿。高两米，叶子背面为灰白色，多长于暖地树林下。
② 塔婆：即卒塔婆。指立在墓地上的塔形木牌，上书梵字、经文，以为死者祈冥福。

慈念只是默默地摇了摇那锛儿头,那双洼陷的眼睛直刺向秀子心胸。秀子感到自己受到了孩子的谴责,就没再开口,默默地跟随慈念返回孤峰庵。

"真是个怪里怪气的小和尚!"

秀子回到丸太町的家中后,对南窗讲述了那件事。慈念的不搭腔引来的不快,让秀子一路不能释怀。

"一个乖僻的小和尚。"

南窗默默地听着,他明白,秀子的话里也有对慈海的不满,毕竟是慈海让里子躲在库堂深处不出来见面的。

上京区今出川千本略偏东处,居住着孤峰庵的檀越久间平吉,在慈海的等级表上属于二级。十一月七日那天,久间家派人来说,亡父的三周年忌日来临,拜托慈海和尚前往诵经。慈海送别来人后,叫来慈念吩咐道:

"你往久间家走一趟,去诵经。就说师父必须前往源光寺办事。"

慈念默默地点点头。

"先诵《大悲心陀罗尼》和《施饿鬼》。然后念《观音经》，祈冥福。最后念《消灾咒》，完事。"

慈海交待清楚后，领着慈念来到主殿，从领诵僧所用的小桌抽屉里取出登录簿，翻查久间家中两年前去世的平太郎的法名。登录簿据逝世日期装订成册，是死者的登记册。表面是泥金的，相当厚，录有死者是某某居士、某某信士、某某信女之类的法名。慈海手蘸唾液，哗啦哗啦地翻着册页。

"有了。找到了。就是这个，你记记牢呀。"

慈海说着，把写有"芳香智山居士"的地方指给慈念看。

"唔，你念念看。"

"芳、香、智、山、居、士。"

慈念机械地照着读完，又在口中念念有词地重复着那个法名。

下午两点过后，慈念离寺。须从孤峰庵走到等持院的后园林，再经过东亚电影厂的摄影棚走到白梅町。接着，穿过北野天神社，走过上七轩，就是千本今出川了。慈念身材虽矮小，脚步却迅速。也许是想以快捷来抵偿自卑感吧。从衣笠山走到千本，慈念用了三十分钟左右，比大人还要快。身穿墨黑的衣服，跨步很小，脑袋前凸——慈念行走的样子吸引了村民。

"来了个腔调有趣的小和尚。"

还有人在这样相互嘀咕。村民的这种目光，慈念早已习惯。每逢盂兰盆节，从早晨起，慈念便要到十几位檀越家诵棚经。如果在意人们的目光，那就一家也去不成。到紫野的学校去上学，他是穿着立领制服，裹着绑腿。而路人已见惯这个矮小的中学生。慈念目不旁视地举步向前，心里明白受人歧视，脚下越发迅速。

久间是涂料批发商，店铺面向今出川大道前的市电马路。慈念步入店内时，久间平吉不由得一愣，因为慈海没来。平吉知道慈海和尚把檀越按重要程度分等级的事，今天是慈念来，难道说，久间家下降了一个等级吗？平吉面露不服气的神色，在慈念要往佛堂去时叫住了他：

"慈海师父呢？"

"在家睡觉。"

慈念只答了这么一句，就朝里走去。不多时，诵经声响起。在通往佛堂的过道上，有平吉的兄长卧病在床，是肺结核。脸色苍白的病人睡在阳光不足的中间居室里,闭目静听慈念诵经。平吉来到慈念身后,包好了布施款和点心放入盆中,坐着等待。慈念诵至《观音经》时,从口袋里取出抄本,边拜边读,颇费时间。平吉虽觉得慈念认真负责,却感到诵读的腔调总有些怠慢不恭,与慈海和尚不同。家中有病人,店铺也须照看,平吉有些着急。终于,慈念诵经完毕,敲磬结束佛事,转过身来。中间居室里的病人动弹了一下。慈念朝病人的方向盯视。据说平吉的兄长已两度咯血,医生已放任不治。慈念也听慈海说过此事。平三郎现正鼾声大作,喉咙里像拉风箱似的呼噜呼噜响,但随即中断。

"就这副样子。神志昏迷已有三天了。"

平吉双手放在膝盖上,无可奈何地说道。女主人大概外出办事去了,没见在家。慈念注视着那个四十多岁的瘦弱病人:身上盖着一条浅灰色的被子,睡在涂料罐后面,面对着天花板露出失意的神态。忽然,慈念像想起了什么似的说道:

"师父说打算外出修行。"

"你是说慈海和尚?"

别胡说八道了!——平吉怀疑自己听错了。平吉是个虔诚的信徒，曾听去世的父母说过，慈海法师在灯全寺派里属长老级高僧，孤峰庵是位于本山属下各寺院之上的特别寺。虽不像金阁寺或银阁寺那样香客满堂，但在衣笠山麓，与龙安寺、等持院并驾齐驱，历史悠久，且开山人是梦窗国师，寺僧更是以寺格高雅而自傲。现今庵中住持慈海和尚竟打算外出修行，这究竟是什么意思呢？

"哦？真是好学不倦呀。"平吉是这样理解慈念所说，就问慈念，"小师父有何打算呀？"

"唔，我想中学毕业后进禅堂。"

"是吗？禅堂倒也是好去处呀。但是大冷天必须托钵化缘、静心坐禅，令人不胜同情……师父们的修行也是很辛苦的呀。"

平吉认为，禅门的修行嘛，只要有行脚僧那样的修行，就能开悟，就可任住持。而慈海再去修行，是怎样的修行呢？苦思不得其解。

"回到寺院，请代为向慈海师父致意。"

平吉送客至店门口，慈念跨过门槛，走上市电马路。这时，平吉像是终于下定决心似的叫慈念停下，弯下腰，在慈念耳边说道：

"我兄长行将离开人世。去世后，又得举行葬礼。请转告慈海师父，多多拜托。"

慈念望着柏油马路，眼里毫无表情。这时，一辆卖烘山芋的小车正巧从他身后经过。

慈念侧耳听着小贩拖长声音吆喝："烘——山——芋——哟——"接着，慈念超过小车，迈步向前。在今出川大道与千本大道交叉点略近身前处，有一家叫做"菊川五金店"的刀具商店。店堂内坐着老板娘，有三十来岁。看到卖烘山芋的小车后头钻出来一个脑袋硕大的小和尚，老板娘似乎吃了一惊。慈念在五金店前停步。柜台上陈列着菜刀、镰刀和剪刀，沐浴在夕阳中，刀刃闪闪发光。

"哎，请进。"

老板娘心里想，是寺院来客。凭着独到的眼光，她一眼就看出慈念像是要买什么刀具。

"这一种。"慈念轻声说道，指着一把"肥后守①"小刀。

---

① 肥后守：日本旧时的一种折入式廉价小刀，铁制刀柄上刻有"肥后守"的字样。

老板娘心想,是用来削铅笔的吧。

"嗯——二十三钱。"

慈念的眼里闪过一线光亮。是一种奇特的眼神。他把手伸进头陀袋中,随即掏出一枚五十钱的银币。没错,就是西安寺的住持给的钱。

时近黄昏,里子来到主殿的后檐廊上观赏后山的景色。就在前一刻,慈海去源光寺下围棋了。慈念前脚离寺前往今出川,慈海后脚便进隐室脱光了里子的衣服。病了很长时间,慈海的求欢欲可以理解,何况里子也耐不得寂寞,稍不同房就会感到焦躁发热。慈海大汗淋漓,比往日来得快地完事后,让里子穿上衣服,自己也想换上外出时穿的白色僧衣。平时,多是里子从衣柜里取衣物的,这次慈海却勤快地亲自动手了。

"难得呀,天要下雨啦。"

里子开着玩笑,对着小镜子整理散乱的头发,心下直犯嘀咕:慈海今日为何一反常态,亲自开柜、着装呢?但旋即认为什么事也没有。慈海对里子的爱抚一贯是很激烈的,里子也老是会嚷嚷"要死了"。此时，慈海就会不再用力。里子认为，慈海之所以自己动手着装，也许是在体贴我累乏了。

慈海每回去源光寺，必定要待到深夜，这已成了习惯。因为那里有酒招待。

里子站在后檐廊上望着入冬前的衣笠山。眺望山景是里子极大的爱好。里子不禁缅怀起往昔来。当年，就在此廊此地，岸本南岳在她耳边低声呢喃，描述着山景之美。

衣笠山呈浑圆状，犹如冈丘，据说永世不长巨松。确实，唯见众多红色树干的小松树一直蔓向山顶。山麓的斜坡上，是一片常绿树以及叶落后的疏林。此刻，雾霭开始笼罩斜坡。

里子注视着疏林中的一棵米槠树。有一头鹞鹰栖于米槠树上。这头鹞鹰来此当有很久了。里子依稀记得十年前同南岳一起生活时，那鹞鹰就是如此栖于树上俯视着庭院的。就在里子定睛注视的时候，鹞鹰腾身而起，在空中悠悠盘旋，但随即回至米槠树顶端栖定，纹丝不动。

大门口传来了脚步声。是慈念在曳步擦地而行。里子站在檐廊上，目不转睛地凝望着衣笠山。慈念上身穿作务服，下身是缀有补丁的黑色裤子。作务服是慈海在小沙弥时期穿过的旧物，补丁叠补丁，针脚显目，倒像是柔道服。

"慈念，这么快就办好啦？"里子主动招呼道，"我正在看那只鸢鹰呢。"

"鸢鹰？"慈念说着朝衣笠山那儿看去，很难得地开口说道，"太太，鸢鹰在干什么，您知道吗？"

"鸢鹰在干什么？停在那里，什么也没有干呀。"里子不由得看着侃侃而言的慈念，"鸢鹰在干什么，你说在干什么呀。"

"鸢鹰呀，在那儿储藏东西呢。"

里子扑哧一声笑了出来。

里子觉得不可理喻，说道："储藏东西？你在说什么呀。"

"米槠树顶上有一个大洞，像一个黑咕隆咚的壶。前阵子，我没去上学，爬上去看过的。"

"你爬上去过！"

里子听慈念说有一个壶状大洞，吓得一抖，真想掩住双耳。但是，看着慈念一脸稚气、喋喋不休的样子，又不得不听下去。

"爬上去一看，树顶有一个壶状大洞，洞内一片漆黑。仔细观察，洞底好像有动静。有很多蛇、鱼和老鼠之类的在蠕动，有红色的蛇，也有白色的蛇。全是在地面被鹞鹰弄得半死不活后，叼进洞来的。"

原来，那是鹞鹰的食物储藏所。鹞鹰栖停在米槠树枯朽的顶端，纹丝不动，原来是在注视所存的食物。在壶状的树洞底下，濒死的鼠啦鱼啦，挤成一堆；半死不活的蛇在里面蠕动。

"别说了！吓死人了，真是吓死人了。别再说了。"

里子闭上眼睛大嚷起来，嚷声穿过红叶的枝枝叶叶，在衣笠山中回荡。等到回过神来，已不见眼前的慈念。只见到他的脑袋在假山背后一晃而过。

当天晚上，里子吃过晚饭，在隐室的里屋闭门独坐，慈念所说的鹞鹰窠巢的事留在脑海里挥之不去。眼前浮现出蛇在壶状树洞中蠕动的情景，就已大倒胃口。突然一阵恶心，吃下的食物吐到了碗中，而看到吐出的食物，更是恶心不已。

"这个慈念，说得也太恶心啦！"

里子走到外屋，翻翻报纸，看看杂志，还是赶不走鸱鹰的影子。

里子怀疑，慈念之所以讲起鸱鹰的事，也许是那天夜里发生的事在慈念心里的哪个地方产生了什么作用，于是想在精神上虐待我。这样一想，里子对自己那天夜里的疯狂行为深感后悔。那是不该有的事！绝不可再有第二次！里子在心里发誓。

但是，过了午夜十二时，里子还是不能入睡。要是慈海和尚在的话……里子深感孤寂。夜阑时分，起风了，后门簌簌作响。由于衣笠山低如冈丘，孤峰庵后面的竹丛一无遮挡，随风披靡，东倒西歪。

一点，两点……里子听得钟敲三点了，慈海还是没回来。

北见慈海是在这天离孤峰庵而去的。在寺里最后见到慈海的人，是里子。里子只是在房事后，目睹了慈海开启抽屉并自行着装的背影。

六

十一月八日，孤峰庵里外都生出了事端。那就是慈海没有回寺，导致里子出现剧烈的头痛。里子横眉怒目，向慈念发泄。迄今为止，不论多晚，慈海一定回寺。前往各位檀越家行佛事，被檀越留下饮酒的话，深夜二时前也会回到寺里。有需要在外留宿的时候，会事先交代好再出门。所以慈海没有回寺，当是发生了什么事。但是，如果有异常情况，源光寺的住持和尚该会来通报的。慈海嗜酒贪杯，即便半路突发脑溢血倒下，医院或者过路人也该会来通知的。然而直到中午，也不见任何消息传来。

"慈念，师父外出前，是怎么吩咐你的？"

里子的语气很不客气。

"与我无关呀。师父把我叫到主殿，教给我禅堂里的有关知识。"

"是什么时候？"

"唔，往久间家去诵经之前。"

"谈了禅堂里的知识，接着又说了些什么？"

"师父说，当了行脚僧，得修行'旦过诘'①。坐禅必须坚持到准予进里面才行。"

慈海是说过这种不可思议的事。里子记得在枕边听慈海说过禅堂行脚僧的生活。

"就说了这些吗？"

"交代了久间家人的法号。"

"然后呢？"

"吩咐我可以先诵《大悲心陀罗尼》与《施饿鬼》，最后诵《观音经》的《普门品》，用抄本就行……我两点左右出寺，以后的事就不知道了。"

慈念那凸额下的洼陷眼瞪着里子，里子又一次受到那双眼睛的盯视。昨天，在慈念出寺之后，慈海让里子脱光衣服，寻欢作乐。里子感到那情景大概也被慈念看到了。转而又想：怎么会有这种荒谬的事呢？这孩子往今出川诵经去了。那时，只有自己同慈海和尚在，没人能知道。

慈念像是看透了里子在想什么似的，睨视着她。

"很不好意思，我说，你能到源光寺去走一趟吗？问一

---

① 修行的课程之一，指禁闭于一室内，进行坐禅和禁食修行。

下，师父在下完围棋后说过些什么。"

"是。"

闻言，慈念脸色稍变，离屋而去，一副准备外出的样子。

耳门的铁链啴啷作响，可听得有人进门来。

是久间平吉到来。慈念在地板上并膝跪下。

"慈海和尚在吗？"平吉问。

"不在家。"慈念答道。

"上哪儿去了？噢，昨天，多谢费心了！"平吉向慈念低头致意，"家兄到底是走了。今天早上突然去世。寿终正寝。所以嘛，希望明天午后举行葬礼。拜托。请代为向慈海和尚致意。"

平吉显出光向小和尚说明来意有点不放心的样子，但又像是记挂着今出川家中的事，匆匆告辞，旋即又回头叮嘱道：

"请转告慈海和尚，二等程度，多多拜托。"说完，一点头，走了。

慈念目送来客，直至看到耳门铁链的平衡砣咚一声落下，然后来到隐室。

"是久间的兄长去世了,今天早晨的事。来拜托明天葬礼的事。"

里子怒气未消,眼梢闪动,问道:"那么,慈念,你是怎么回答的?"

"听到檀越说,二等程度,拜托师父费心的时候,我表示师父回寺后当转告无误。"

里子心想,慈念是不知道慈海的去向,才会如此回话的。看着镇定自若的慈念,她安心不少。

"这样的话,加上葬礼的事,总而言之,到源光寺走一趟,说明情由。"

里子此时的态度还是沉着冷静的,她认为慈海可能在什么地方睡下了。

"那么,我去走一趟。"

里子目送神色微妙的慈念走出孤峰庵,踏着碎步消失在等持院茶圃的方向。

禅寺有同宗寺同派寺的现象,也可谓宗亲寺。灯全寺境内的宗亲寺,就本山宗务所所在的乌丸上立卖东的山内来说,有着惠春、春光、玉凤、源昌、林泉、光明、普广、峨山等，多至十二座。各小寺都有住持，分担本山的寺务，列席葬礼、远忌、忏法等例行佛事。此外，在市内还有以聚阁、鹿园寺、丛阁、慈源寺为主的属山内之外的分寺。孤峰庵属这种分寺一类。在禁止世袭制的当时，对住持的进退是有规定的。首先由宗亲寺合议，然后经本山执事长、管长、老法师讨论后发表结果。孤峰庵的宗亲寺，有源光寺、瑞光院、妙法寺、明智院等分寺。

其中的源光寺不在山内，而在河边的住宅区内，小河经下立卖御前街往东流去。源光寺的库堂及主殿，自成一栋，悄然矗立，四周围着淡黄色的夯土墙。

该寺住持宇田雪州，与慈海年龄相仿。雪州在灯全寺当过行脚僧，与慈海出身相同，两人都喜饮酒，时常往来。慈海得暇，会从衣笠山步行至下立卖御前街，找雪州下围棋。

十一月八日的午后，孤峰庵小和尚慈念，走进源光寺的山门，踩着踏脚石穿过植有山茶花的庭院，推开库堂的前门时，看见雪州正在檐廊的太阳光下剃发。小和尚德全出迎，并在雪州和尚所在的檐廊上跪禀：

"慈念从孤峰庵来了,问慈海和尚来过吗?"

"慈海和尚来这里?"

剃刀正刮到后脑勺,雪州把被肥皂泡打湿的手从脑后移开,说了句:"奇怪哪。"因为近来慈海和尚没来过。邀请了也不来下棋。

"是慈念来了吗?"

"是的。"

"让他过来。"

雪州跨过高脚小桶,脑后留下一半未及剃去的头发,进入库堂的房间。慈念快步转往厨房口,由那里的檐廊入室,在门槛处跪下。

"慈海和尚什么时候出门的?"

"昨天。"

"大概是几点钟呀?"

"唔,太太说是下午两点半左右。"

"没有来这儿哪。"

雪州面露狐疑。因为慈念的神色非常紧张,而且白得发青。这个少年,前额比常人凸出一倍,两眼洼陷得厉害,也难怪目光凶恶。然而,这眼神中又闪出一些不寻常的成分。

"里子太太也不知道吗?"

"嗯。说是到源光寺去的,命我来迎候。"

事情不胜棘手。慈海并没来过。会到哪里去,又毫无头绪。

"真是怪事。"

雪州一脸无法理解的样子。这时慈念说:

"今出川的久间家有丧事,来拜托葬礼的事。像是同师父有过约定。也该做些准备才好。"

"葬礼?"

"是的。"

"久间家?是檀越?"

"就是今出川千本东侧那家卖涂料的商店。"

"哦,是吗?那里是有这样一家檀越,我同慈海和尚去做过法事。"

久间商店的样子以及平吉的长相,雪州也依稀记得。现在麻烦了,唱主角的住持没回寺,葬礼又不能不进行。要是被本山听闻此事,非得挨执事长越山窟的严厉训斥不可。

"慈念。"

"是。"

雪州注视着低下头来的慈念的后脑勺,说道:

"对谁也别说。去请里子太太也能避则避,尽量不要露面。明白吗?葬礼由宗亲寺担当。听见了?快去,把主殿布置一下。"

慈念郑重其事地点头,前额贴近地板。

雪州唤来德全,命德全去联系各宗亲寺。侍者德全已经中学毕业,不久就要进禅堂。他先前全程听慈念讲述了原委,对情况有着全盘的了解。他和慈念一起出了山门,然后一个往左,一个往右。

"令人头痛的事哪。慈海和尚也许泥醉在什么地方呢,到头来一场虚惊。"

德全对慈念这么说着,往北野神社方向大步离去。

时近下午四时,慈念回到孤峰庵。里子见慈念一个人回寺,便问:

"怎么是一个人回来?"

"嗯。到源光寺去过了。"

"说什么啦?"里子那白皙的太阳穴又抽动了,"真是莫名其妙。师父他自己从柜子里取出白僧衣穿上,就说去下围棋啦。"

慈念一声不吭地抬眼看着里子。

"那么,源光寺是怎么说的?"

"说是近来师父没去过。"

里子不胜吃惊。慈海不时往源光寺去,回来后,说是受邀共饮。难道是谎言吗?

"那么,师父到哪里去了呢?慈念,你是怎么想的?"

慈念不吭声,里子的声音尖厉起来。

"我不知道。我得马上去准备久间家的葬礼。源光寺的师父说了,瞒着本山,请宗亲寺来主持葬礼。"

里子的脸色越发苍白了。源光寺雪州和尚的好意可以理解。但是,葬礼必须按照二等来办,那就必须请宗亲寺的和尚来主持。那样一来,慈海不在的事就无法隐瞒了。

慈念低着头,从冥思苦想的里子面前走过,来到主殿,为葬礼做准备。可以说,多亏有勤劳认真的慈念在,贪杯的慈海才大为得济。里子看着慈念镇定自如地向主殿走去，不禁感到庆幸。是啊，正如源光寺的和尚所言，忘记檀越家的正事，只顾自己游乐，肯定要受到本山的严厉惩罚。而里子只有干着急，不可能出面予以安排。主殿的一切器物，里子从来没有碰过不说，而且，对于葬礼的准备工作该如何做，也一窍不通。

"那就拜托了哪。"

里子只有向慈念合掌致意。

里子回到隐室，心下焦躁不安。蓦地想到，慈海没去源光寺的话，会去哪里呢？里子不由得深思起来。

里子来寺，是在去年秋天，至今整一年。里子记得，起初，慈海只住寺里，每晚抱着里子睡。说得准确些，是不分昼夜地行房事。但也到本山去，到各宗亲寺去，到檀越家去，去之前会交代各个去处。有法事的话，一定会把布施、点心之类的放在袖袋或头陀袋里带回寺来，所以他不可能有别的可疑去处。

而慈海病愈后，有过一两次外出，现在证明并非去源光寺，难道还有里子也不知道的秘密去处？想到这一点，里子顿时妒火中烧。

"肯定有别的女人了！"

里子越想越觉得有可能。也许是慈海在前往源光寺的途中邂逅了老相好，死灰复燃，从此便去那女人的家。这么看来，那天慈海自己动手穿上白僧衣外出，也就顺理成章了。

但是，这种怀疑转瞬即逝。里子认为，不可能有这种事。里子相信自己的判断。南岳曾经怂恿慈海娶妻，也被慈海断然拒绝。慈海喜欢的是我里子。邀里子进寺，已足使慈海满足。这一点，里子的身体最清楚不过了。

五点钟，久间家差了两个人来，慈念到门口出迎。

"家里地方窄小，已拜托过师父，希望今晚的守灵在主殿进行。总而言之，连内房都堆放了涂料罐，简直没有空的地方啦。"

"已同师父约定的话，当然照办。请来吧。"慈念回答。

"多谢。那么，拜托了。"

平吉差来的人随即告辞回去了。慈念进入主殿，在正殿的戒坛上铺好白布，盖上金线织花锦缎三角垫巾，再从正殿深处取出白瓷香炉，放在最上面。食案、烛台、领诵僧用的小桌，皆须准备白圆木的。按照惯例，殡仪馆方面来人，主要是在久间家把死者装棺，把棺蒙上白布，供上金银假花，运送过来，灵柩一旦入寺，殡仪馆的人便要退出。所以慈念颇为忙碌。既不能让宗亲寺见笑，也不能让檀越久间家感到简慢。这些事，慈海在主持葬礼时，已随时教导过慈念。慈念按照慈海和尚所教导的那样，把各种器物配齐。接着拉开下堂的隔扇，在地席上铺好白布，并顺势覆至门槛上。上堂则一任原样。让久间的亲友坐在下堂，请前来焚香的人们在主殿的前檐廊上排队而入就好。这也是慈海一贯的做法。慈念又从储物间取出席子，铺到宽宽的檐廊上。他把卷好的席子搁在檐廊一头，然后一边往后退一边摊席。这时，里子来到上堂，说道：

"慈念，德全从源光寺来帮忙了。"

德全是雪州和尚考虑到慈念一个人会忙得焦头烂额而派来的。

"哦，太感谢了。"

慈念把席子朝檐廊的另一头摊到底，再踏着碎步原路返回，一面用脚将席子翘起的地方拨拨平整。这时，德全出现在里子身后。

"师父那里，还是什么消息也没说吗？"

里子看见德全的眼里闪过一丝令人生疑的神色，心想，会不会得知下落啦？

"什么也没说。"

"是吗？会到哪里去呢？"

德全是经常奉陪饮酒的人，理该知道一些内情。

"德全，师父最近一次到源光寺去，大概是在什么时候呀？"

"我想想……很久没来了。"

果然是这么回事。里子不得不思索慈海有什么去处的问题。心想，隐瞒去处，肯定是在什么地方有女人了！

里子的身体最清楚：慈海这个人，若不是同女人在一起，不会有别处留宿。

"德全，那就多多拜托了。"

里子把主殿的事托付给慈念和德全，回到隐室。里子进入室内，翻箱倒柜，查看寄给慈海的信件，怒气冲冲地检查所有可能涉及慈海秘密的物件。但是什么线索也没有找到。

"师父呀师父,你到哪儿去了呀?撇下我一个人,究竟到哪儿去了呀?"

里子丰满的臀部咚一声坐到地席上,然后她捂住眼睛,久久地伏在红色被褥上没动。

久间平三郎的灵柩在七点半抵达孤峰庵,从灵车上卸下来后,平吉和平吉的表弟——也是粉刷匠的猪之吉、作造、传三郎四人抬着灵柩进入大门,再打开通往大堂前庭院的小门,在慈念和德全整衣而待的檐廊上卸下,穿着白色袜套的双脚踩着庭院的白沙石,由正面的台阶进入正殿。慈念在大平台上放置好红色的三角垫巾,装潢匠大块头平三郎的棺柩被横置于平台上。"南无阿弥陀佛,南无阿弥陀佛",平吉口诵三遍,立即转身向慈念低头行礼。

"多多拜托。"

慈念抬眼看着平吉,语气平静地问道:

"夜里守灵来几位?"

"我本人,还有在场的亲戚四人。明天,家乡会有不少人坐火车来,不过守灵只是极少数近亲而已。"

慈念低头回礼。

从源光寺赶来的雪州在书院换上紫衣,由德全任侍者,完成了守灵诵经。慈念担任领诵僧。诵经时,坐在下堂里的久间家四人保持沉默。而雪州和尚离开曲录①一下地,四人便低声细语了些什么,随即依次上香。香点燃后,烟气犹如雾气似的,萦绕至上堂的隔扇,南岳所绘的雁又开始振翅。雪州望了一会儿隔扇上的画作,给德全递去一个眼神,走下大堂。慈念也尾随在后。

"怎么样,守灵的事,慈念、德全,你们两个人能行吧?"

"哎,"慈念低头回答,"书院设有值班所,我已经为留宿的人准备好了被褥。"

"很好。对于俗人来说,守灵也不能彻夜不睡,得轮流休息。"

"是。"

"那么,德全也在孤峰庵留宿吧。"

德全点头。

---

① 和尚所坐椅子。

"这样的话，我就先回去了。"

雪州和尚留下话后，顺着折向隐室的檐廊，疾步向内室走去。

里子把头靠在室内的暖炉盖被上，正在打瞌睡。听得身后的檐廊上传来脚步声，便直起腰，回过头来。

"还是没有回来呀。"

从拉门的缝隙里看到雪州的那张大红脸，里子吓了一跳。

"查了一下，黑色的便装和黑色的袈裟不见了。这个慈海，带着那样的衣装，会到哪里去呢？"

雪州侧首："他是带着不合理的东西出去了哪。"

"放在这儿的经卷匣也不见了。"里子手指着壁橱说道。

"经卷匣？"雪州思索了一小会儿，随即说道，"唔，看来像是外出云游了。不，当是在你不知道的时候，借给什么人了。不必担心，明天早上，和尚自会若无其事地回来的。他不知久间家要举行葬礼，正在哪儿安然大睡呢。"

雪州说着，踏上檐廊就要离屋而去，却又折回来，望望里子有点红肿的脸色，眼角下垂，笑着说：

"我说，是你虐待过分了吧，不是吗？"

"让我出丑啊，这个和尚。"

里子羞红了脸。可以猜想得到慈海往源光寺去说了些什么。雪州拐出檐廊不见了，笑声依旧可闻。

在慈念的安排下，守灵进行得很顺利。久间家的四人在下堂静候。十一点，德全诵经完毕，便在八铺席大的书院铺好被褥，让久间家来人轮流休息。德全也退至紧挨库堂的四席半小间。慈念对平吉说道：

"师父经常教导，守灵不能断香火。我会留心的。明天还有事要做，请休息去吧。"

"多谢了。"

猪之吉在一旁插话道。作造和传三郎工作了一天，困容明显。工匠嘛，可以理解。慈念缓缓扫视了一下这四个人，问道：

"轮流守灵，是一个人一个人地轮值吗？"

"是的，轮流起来。"

"那么，就这么办吧。"

慈念在正殿中央坐下，开始诵读《观音经》抄本。守灵时诵经，不能高声朗读，要轻声缓慢地念。这是慈海教导过的。而且得诵至天亮。慈念把引磬从领诵僧的小桌上拿到自己面前。平吉在下堂正襟危坐，不多时，就倚靠着隔扇，打起瞌睡来。至午夜十二点多，慈念已把《观音经》诵了三遍。此时，平吉已酣睡入梦。

"哎，平吉师傅。"

平吉突然被慈念唤醒。

"要感冒的。那里，轮值的人已经起来。唔，请回书院休息吧。"

大概在凌晨两点左右，后院里的鲤鱼跃动。没睡醒的平吉跌跌撞撞地随着慈念走进书院。透过拉门，在微弱的光亮中，平吉觉得那三床盖被都是鼓起的。有谁起来守灵了呀。平吉闪过一念，随即钻进慈念指定的被窝，睡意上涌，进入梦乡。

平吉产生了错觉，仿佛自己身在今出川阴暗的内室，睡在兄长旁边，感到兄长的尿壶似乎还放在边上。心想：伺候了那么长时间的兄长终于死了。啊，伺候了那么长时间啊……

高敞的孤峰庵书院，绝非涂料商店窄小的家可以比拟的，眼下，平吉获得了巨大的安息感，心想：兄长终于往生，现正安宁地永眠于孤峰庵……

慈念离开书院，为焚香，踏上主殿的檐廊，平吉依稀可闻其曳步擦地而行的脚步声。隐室那里，里子在迷迷糊糊地打瞌睡。慈海没有回来。

"师父呀师父，你到哪儿去了呀？撇下我一个人，到哪儿去了呀！"

里子在被褥中像发梦呓似的翻来覆去地念叨。不久，睡意也涌了上来。

孤峰庵的夜，深了。不多时，黎明渐渐降临。

葬礼在源光寺的雪州和尚主持下进行。正殿内，由瑞光、妙法、明智等宗亲寺的和尚任执事僧，铜鼓和梵磬的红穗下垂，并列在一旁。按惯例，领诵僧由慈念担任。各寺的小和尚，如德全、大仙、慈照、易州、奇山，则身穿黑衣，立于各寺住持的对面，任诵经的唱和者。久间平三郎的法名是"香俊智道居士"。雪州坐在一贯为慈海所坐的曲录上，以震人的天生大嗓门为平三郎引渡。一点开始诵经，三点诵毕。聚集于上堂、下堂的久间家亲友凡二十八人,负责彻夜守灵的平吉、猪之吉、作造、传三郎,每有亲戚慰问,睡足了的脸上便绽出笑容。四人不辞辛劳地忙到现在,在早晨要选人到山麓久间家墓地挖掘墓穴时,精神十足的猪之吉说道:

"昨夜已经好好地休息过了,让我去为表兄挖墓坑吧。"

"那么,就辛苦你了!"

平吉点头同意,猪之吉和传三郎就去挖墓坑了。众和尚诵经结束后,暂且退至书院。抬棺人已非昨日那班人,换成了助三、喜七——他俩是从平三郎家乡福泉山里来的叔父,还有熊太郎、幸太这两个平吉的弟弟。慈念向书院里的众和尚奉上茶,来到主殿;目验出殡准备停当后,再去引导众和尚。各宗亲寺的众和尚身穿赤、紫、黄、橙各色僧衣,在铺着白沙石的庭院里成队而列,在逝者亲属面前显得色彩缤纷。裹了白布的灵柩从唐门①出来时,阴霾满天的空中,云层略破,射下一线阳光。

---

① 唐门:即中式门,带卷棚式博风的门。

叮，咚，咯啦。

叮，咚，咯啦。

与先导的雪州和尚诵经声相唱和地，引磬、铜鼓、梵磬齐声共鸣。在向着衣笠山而行的执事僧身后，灵柩紧随，其后跟着二十二名亲属，手里各自揉摩着念珠。

四时许，落葬完毕。平三郎被埋葬在山麓的黑色竹丛畔，山麓一带小松树满坡。传三郎和平吉用问寺里借来的铁锹，将灵柩埋于铲下的黑土中。相当于地下灵柩体积的泥土呈圆形隆于其上。土上再搁上慈念事先准备好的白圆木小食案，食案上摆放腐竹羹及插有筷子的米饭各一碗。

山侧刮来的风，带着蘑菇香，吹皱了食案上的腐竹羹。

七

久间家众人离孤峰庵而去，是在六时许。孤峰庵内，葬礼过后的花圈、假花、竹制焚香台之类，杂乱无章地散落在主殿两侧。但是，寺内哪里谈得上整理这些东西。

本来期待慈海至少能在葬礼最重要阶段突然归来，但是他至今未归。况且各宗亲寺住持齐聚一堂，正好商议善后的办法。

在书院的内室，此刻正聚集着明智院的老和尚照庵、瑞光寺的新任住持竹峰、妙法寺的海翁和尚，还有源光寺的雪州。竹峰和尚面对源光寺的雪州，首先开口了：

"真是怪事。源光寺，慈海和尚离寺，说是往你那儿去下围棋的。现在说没到你那儿去，岂不怪哉？这么说来，难道在什么地方另有一个藏娇处吗？"

"没到我这儿来。近来，一直没来。说实在的，我也在想，是不是有了别的女人。如果真有的话，慈海和尚嘛，当会对我说的。我向屋里的里子也打听了，说是不会有这种事的。看来，还是发生了什么事故。"雪州这么说道。

"如果是出了什么事故，应该会有人来通知寺里的呀。"

"那也太奇怪了。从什么也没说这点来看，我觉得慈海和尚还是躲在什么地方了。"海翁和尚说道。

"但是……"源光寺住持压低了嗓音，"据里子太太说，慈海和尚把当行脚僧时用过的经卷匣也带着外出了……"

"带着经卷匣？怪事。钵盂和袈裟也放进去了？"

"多半没错。"

明智院的老和尚眨了眨眼,说道:

"不至于今时今日还去行脚云游吧。唔,怎么说呢,去叫这寺里的小和尚来一下。"

源光寺住持留神看看周围,又发现没听见慈念的脚步声,便说声"我去唤来",起身往檐廊走去。先前还喁唽得很的孤峰庵,现在像潮水退去了似的,已经安静下来。地板上灰尘很多。雪州注意着别踩脏了白袜套,在蒙上灰沙的地板上几乎是跳跃着来到了库堂。

"慈念。"

雪州发声呼唤,但不像有人在。

"奇怪。是在主殿里?"

雪州想,这也难怪,孤峰庵只有这么一个小和尚,责任重大,大概还在主殿里忙着收拾。于是绕回廊一圈,向下堂走去。这时,雪州吃了一惊,因为他看见后院的池畔在冒烟。仔细一看,见是慈念挽起袖子,掖起蓝布夹衣的下端,正在焚烧着什么东西。

"慈念!"

雪州大声呼唤道。慈念正聚精会神地把竹条及大茴香盖在火堆上。火苗顿时蹿了上来,旋即又蔫了,白烟翻卷。一看就明白,这是在焚烧葬礼过后留下的垃圾。

雪州心想:真是个手脚勤快的人哪!但假如慈念不出面听取询问的话,众住持的商议很难有结果。于是雪州再次高声呼唤:

"慈念!"

慈念拿在手里的竹棒应声掉落在地。他像是受了惊吓,木呆呆地朝雪州这边望着。

"到这里来一下。"

"是。"

慈念的大脑袋前冲,快步来到后檐廊,抬眼看着雪州,凸出的前额在冒汗。

"清扫的事,先别忙。唔,你到书院来一下。"雪州的语气是温和的。

"是。"

慈念顺从地跨上檐廊,回头望了望火堆。火堆还在冒白烟,大茴香燃烧发出的腥味笼罩了庭院。雪州也闻到了刺鼻的气味。

慈念被带至书院，四位住持再次注意到小和尚身体的畸形，目不转睛地盯视着。最先开口的是明智院的老和尚。

"慈海和尚没对你说过什么吗？不一定是七日那天，七日之前呢？"

慈念瞪着白眼，回答道："明白了。七日那天，师父说了进禅堂的有关知识。"

"禅堂？"

"是的，说了旦过诘。"

"那个，我们有时也会说的。除此之外就没说过什么吗？"

"还教给我'庭诘'① 的知识。"

"庭诘的事，明白了。没说要去哪儿吗？"

"师父说过想离寺外游的事。"

"想外游？这是什么时候的事？"

"什么时候嘛，是在说修行知识的时候。说完后，忽然这么吐露了一句。"

---

① 在大门前持续数天不返的修行。

"是他自己要出游吗?"

"是的。"

四位住持定睛注视着慈念的白眼深处。

"唉——"

明智院的老和尚首先长叹一声。

"这真叫人不知怎么办才好哪。难道慈海和尚也像东福寺的管长那样隐遁了吗?"源光寺住持睁大了双眼,"哦,难怪……"

"什么?"

海翁和尚那不胜吃惊的目光直射向雪州和尚,雪州轻声说道:

"也许吧。那个女人欲念过分强烈,慈海只有逃避。不会有错。"

难道真是如此!——众住持脸上显出这样的神色,觉得也不是没有这种可能。

"那么,源光寺,请里子太太到这里来一下,怎么样?"

雪州和尚起身走到隐室,并把里子带到书院。里子低垂着苍白的脸在书院里落座了,眼神恍惚。

"在七日午后之前,慈海和尚一如往日,毫无异样。久间家的店里差了人来,请师父在先人的忌日那天诵经超度,师父吩咐慈念去走一趟。这种事,师父素来总是自己去的,所以我当时感到有些奇怪。师父回到隐室后过了不多久,就说要到源光寺去下围棋,至今未归。我应答了一句。接着师父自己动手拉开衣橱抽屉,随手拿出一件白僧衣,穿上后出去了。"

"经卷匣的事呢?"

"唔……起先并没有留意,后来才发现平时放在壁橱上的经卷匣不见了……"

"唉——"明智院的老和尚定睛看着里子丰满的膝部,继续问道,"没对你说过行脚出游的事吗?"

"行脚出游?怎么回事?"

"想往禅堂当行脚僧的事。"

"是说师父吗?"

"是啊。他说没说过想要出游的话?"

"我今天是第一次听说。"

里子显出不知对方所云的神色,张开苍白的厚嘴唇,望着老和尚。

"慈念,"明智院的老和尚发出呼唤,"火烧起来了。危险,快去。"

迄今为止默默静坐在角落里的慈念闻声起身,曳步擦着地板向檐廊走去。没错,拉门上映出红光,是火在庭院里燃烧起来了。

"太太,"老和尚说,"慈海和尚也许真是出游了呢!"

"什么?"里子膝行向前。

"别着急。我是说,再不见音信的话,当是出游了。不会有错。我们有时也会有这样的心情……面对麻烦的寺院财务以及乱麻一团的杂事,感到头疼不堪时,真是由衷地生厌。对吧,没错吧?"

老和尚结尾的话是向着众住持说的,众住持表情各异地点头响应。

这相当于得出了结论。孤峰庵的住持北见慈海突然离寺而去,各宗亲寺也不能不闻不问。行脚出游的判断就这样暂定成立了。但假如并非如此,而是在什么地方倒下了的话,也该向警察局通报才对,不是吗?慈海和尚今年才五十八岁，身体又比常人强健，就是倒在路途上，也不会马上出现带病路人那种不忍卒睹的濒死境况。商议的结果，看来是要再等等，暂时不要向警察局通报为好。

由于各自的侍者已先行回寺，四位住持也就没有携带久间家的奉呈物，在七点过后，各自空手离开了孤峰庵。

慈念焚的那堆火也熄灭了。

夜幕再次降临到主持不在的孤峰庵。

第一个确信慈海肯定是外出远游了的人是里子。里子回想起七日下午两点半左右慈海离寺前与自己纠缠的举动。与里子纠缠，本非那天特有的事，丝毫不足为奇。但是仔细回忆当时的行为，不能不感到有不同于素日的地方。究竟为什么呢？当时以为是大病初愈的缘故，现在看来，不止于此。如果说往源光寺去是谎话，那么，慈海是出于什么考虑才会如此自顾自地虐弄人呢？难道慈海当时已经下定决心离寺？否则，不至于编出要到源光寺去下围棋之类的谎言呀。

"啊，我到底是受骗了哪。"里子这么一想，头脑里顿时闪过一个问号——慈海为什么非得背弃我不可呢？

是慈念！慈念说出了那件事！

那天晚上，自己做出了什么事呀！在看到慈念在三铺席大的小间里抄经时，最初并没有要做那事的想法。听了来自若狭的西安寺住持所讲的慈念的身世，对慈念产生了不可名状的怜悯。慈念可悲可哀之极。自己被疼爱和哀怜所左右，不顾一切地抱住了慈念。事后嘱咐过慈念保密，别让慈海知道，难道慈念终究还是告诉了师父？

假如里子希望认为慈海真是爱着自己的，那么，她将不得不认为惨遭背弃的原因就是那一个。这么一想，慈念的凸额、洼眼、毫无表情等形象，就像一堵厚墙一样朝里子压来，压得她坐立不得安宁。

里子走出隐室，奔向库堂。此事非得确认清楚才行。被这种小东西捉弄，是可忍，孰不可忍！

"慈念！"

慈念毫无声息地缩在三铺席小间的角落里，像是睡了。

"你起来一下！"

里子喊道。月光从高处的格子窗射进屋里，在里子紊乱的衣裾上投下格子窗的影子。慈念在暗处，看不真切。

"我说，你把我的事告诉师父了吧？"

慈念好像起身了。因为那大脑袋依稀可见了，又听得用手拍打那条黑棉被的声音。

"你得开口，别闷声不响。你说呀。"

里子浑身颤抖着说道。她心里在说：如果不给我说清楚，师父又行踪不明……

"你开口呀。"

慈念不吭声。是没睡醒？里子向前探身，想看看慈念的脸。这时，慈念在角落里冒出话来了：

"我没说出来。那件事，不能说出来。"

里子闻言蹲了下来。不是骗我吧？里子瞄向房间的角落，听见了吸鼻子的声音。里子竖起耳朵，定睛注视着慈念所在的地方。

慈念在哭泣，抽搭声急促起来。

"不能说的。那件事，对谁也不能说的。"

里子迅速上前，抱住慈念带有汗酸味的光头和肩膀。

"你没说呀。没有说，是吧？"

里子嘴里嘟哝着，心里感到难以名状的兴奋，喉咙剧渴欲饮。慈念的守密使里子感到安心，但与此同时，里子的内心深处又希望慈念索性把那件事告诉慈海和尚，好使自己品味一下残忍的快感。哦，不，里子现在觉得一切无可无不可，她真想再一次拥抱慈念。

"慈念，你是好孩子。你没说，你没说，是吧？"里子竭尽全力抱紧慈念圆溜溜的身子，"慈念，我们将不得不离寺。师父不回来的话，我们就没用了。我们已经完事了，什么用处也没有了。"

慈念停止哭泣，在里子的怀里屏息静听。

"看来没错。师父是做行脚僧去了。丢下我们，去远游了。嗯，是这样吧？慈念，你知道吗？师父是在按禅堂的规矩行事。师父说过，禅宗一派和尚的宗旨是不能有欲念，一旦有欲念就完了。我呢，正如师父所说的那样，欲念抬头，被抛弃了。可我们都别无所求了……师父出走了，丢下寺院，去别的地方了。可我们都别无所求了……"

里子的泪珠落到慈念的大脑袋上，呈线状流下。

在慈海没回孤峰庵的第十七天，教务所收到宗亲寺的代表明智院住持小寺照庵向万年山灯全寺派呈送的正式通牒。教务所递交给教务会议处置。会议认为，按照宗亲寺代表所述之讨论情况，北见慈海的失踪是否果真是慈海有志于行脚云游而成就一大意愿，还存在着疑点。若的确如此，理该有消息传来，报告国内某个禅堂发生纳入的事。现时的出家生活毕竟不同于江户时期，不一定是徒步行脚，去叩虎溪或伊深的禅堂之门，而是可以乘火车、吃着车站上的盒饭云游。即使远至岐阜县境内的禅堂，按规矩，彼处也该寄一张明信片过来，不是吗？对于宗亲寺联名呈送来的报告，教务所总长春光院住持寺崎义应认为疑点尚多。

春光院住持心想：一个贪杯而不知检点的和尚，连每月一日和十五日举行庆贺天皇的法事时，也不往本山露一下面。就这样一个慈海，很有可能是跌倒在什么地方，就此死去了……

教务总长的这一疑问，可谓合情合理。本山另有宗亲寺的评议僧，在这里，孤峰庵问题再次成为议题，但仍旧无法得出结论。不胜为难的评议僧建议，一切听任管长裁夺。失踪事件一旦被檀越知晓，恐怕会像昔日东福寺的管长失踪时那样，有关住持遁隐的报道充斥报章，成为人们的笑柄。

那样的话，就不是孤峰庵一寺的问题，而是一派山门的耻辱了。

当时的灯全寺派管长奇峨窟杉本独石长老从春光院住持处获悉教务会议得出的结论时，莞尔而笑。奇峨窟已九十高龄，他咕叽咕叽开合着无牙的嘴巴，看着不胜担忧的寺崎义应，说道：

"慈海离寺出走了吗？这不是好事一桩吗？那就是还在行脚云游。别管，别管了。"

义应行过九拜之礼，走出隐室，把长老的意思传达给评议僧。

报章没有报道孤峰庵住持北见慈海失踪的事，究其原因，当是尊重这位奇峨窟长老的判断。

八

十一月七日，久间家葬礼前两天的夜晚。

慈念在晚上九时许，由库堂门口顺着檐廊来到主殿后面，开启正殿后面的仓库门，摸索着拿取了架上的肥后守小刀和小竹刀。从衣笠山吹下来的风使慈念开启的仓库门咔嗒咔嗒摇动了两三次。慈念赶忙推上门栓，察看地板下面。寺里的地板比普通住家架得高些，地板下有风钻进来，沙尘扬起。慈念把大脑袋紧贴地板背面，定睛注视着。从地板下望出去，可以看到前院的白色沙石呈一条白线。慈念蹲下来，向地板下瞪视了三四分钟，然后缓步跨上檐廊，没有发出任何声响，因为风声很大。

慈念从主殿折回库堂，返回库堂门侧三铺席大的小间。门外变天了，透过格子窗，依稀可以看到天空呈深灰色。慈念坐在地席上，手里拿着小竹刀和肥后守小刀。不一会儿，慈念轻轻地起身，往大门口走去，消失在前院的黑幕中。

凌晨一点已过，山门处响起咔啦咔啦的锁链声，耳门打开了。

是慈海泥醉而归。披风的下摆擦着锁链的平衡砣，慈海跨了进来，踩着踏脚石，向着款冬间的百日红树下，踉踉跄跄蹒跚而行。此时，说时迟，那时快，一条宛如黑犬的影子跃向慈海脚前。

慈海感到肋骨下一阵剧痛。剧痛来自腹部扎入的一把小竹刀。小竹刀猛力地刺入胃部所在的左肋后上移,狠剜心脏。接着,另有一把肥后守小刀,强有力地刺入慈海的腹部,不啻致命一击。鲜血喷了出来。慈海摇晃着朝前拖了两三步,想抓住百日红的树干,但是手沿着光溜溜的树皮下滑,无力地垂下。唷、唷、唷……慈海发出呻吟。不一会儿,呻吟声低落,人咚一声瘫倒在地。

一个黑影扶起倒在款冬叶上、停止了痉挛的慈海,去推与主殿毗邻的中门。这黑影正是慈念。中门没上闩,吱地一声开了。慈念拖着慈海,潜入地板下。

地板下有炭炉,架有烤黏糕的铁丝网罩。鲤鱼骨刺散落一地。这是慈念饥饿时,用小竹刀扎取鲤鱼充饥留下的。矮小的慈念能在地板下走动,他把拖进来的慈海拽至库堂仓库的角落里,用放在仓库里的竹席掩盖住。

慈念把耳朵贴在慈海的胸口静听动静。不一会儿,大脑袋点了几下,起身回到前院,摸索着拔除百日红树下的款冬,大概拔了一个多小时,款冬草汁染黑了他的手。随后,他分好几次把拔除的草搬进那地板下面。

风越来越大。慈念从后院跨进主殿背面,曳步擦着地板而行,顺檐廊回到三铺席大的小间。深夜,下起了小雨。

第二天是八日。天没亮,慈念便起身走到庭院里。地上有款冬叶。被雨水冲洗过的款冬和沙石上,没有血迹留下。但是慈念还是清扫了一番,扫得干干净净。

久间家的平吉和猪之吉等人放下平三郎的灵柩是在晚上七点半左右,慈念让灵柩停在主殿里正殿的祭台上,静候源光寺的雪州和尚来诵经。雪州携德全来到主殿,慈念担任领诵僧,一俟守灵的经文诵毕,雪州便回去了。

夜里十一点,德全来到主殿,当着坐在下堂的猪之吉、传三郎、平吉、作造的面诵经。诵经完毕,慈念来问:

"轮值守灵,是一个人一个人地轮值吗?"

"是的,轮流起来。"

"那么,就这么办吧。"

作造、传三郎、猪之吉退回书院,书院里已铺好四个人的被褥。

慈念在正殿中央坐下,从领诵僧用的小桌抽屉里取出

《观音经》抄本，不慌不忙地诵读起来。读完抄本的末页，又回到首页，周而复始地诵读。凌晨两点，坐在下堂的平吉睡着了。

"哎，平吉师傅，请到那里去休息吧。"

慈念带有沉香气味的衣袖拂过平吉的脸颊，平吉睡眼微睁。

"换班了。唔，明天还有得忙呢，去休息一下吧。"

平吉被极度的疲乏和睡魔所袭，说道：

"那么、那么我去休息了，行吗?"

平吉嘟哝着，被慈念牵着手领到书院。书院里已铺好被褥。在微弱的亮光中，平吉睡进最近身的被窝。

慈念看着平吉入睡后，来到主殿。

慈念熄灭了百目蜡烛①的火焰，然后，缓缓地抚摸着平三郎的灵柩。再然后，抓起一把香，焚香诵经。

    妙者皆悉断坏，即得解脱，若三千大千国土，满

---

① 百目蜡烛：日本的大蜡烛，每支约重100文目（1文目约合3.75克）。

中怨贼，有一商主，将诸商人，齐持重宝，经过险路，其中一人作是唱言，诸善男子……

慈念口里诵着经，身体钻过悬垂于柱梁的佛帜，伸手在灵牌堂的一角取出一柄兼可拔取钉子的丁字形铁锤。

慈念诵着经，掀开蒙在平三郎灵柩上的白布，开始撬启棺盖，嘭嘭的响声打破了周围的寂静。

……施于众生，汝等若称名者，于此怨贼，当得解脱……

铁锤如撬杠那样插入棺盖缝隙，慈念用力向里顶伸，棺盖在嘎嘎的响声中开启。随着嘎嘎声的增大，不一会儿，响声变得短促，棺盖竟带着四周的钉子，如活物一般浮起。平三郎躺在棺底，髯脸上有一只眼没合上，僵硬的脸颊上出现了尸斑，污如庭石。慈念仔细目测了平三郎的脸面与棺盖之间的距离。棺内陪葬物有工匠的号衣、便服、生前使用过的装潢工具，慈念把这些东西集中到棺材一角。

不一会儿,慈念在灵柩上蒙好白布,抱起摆放在领诵僧用小桌旁的圆底大佛磬,尽全身之力,下移至地席。然后,慈念转动着大佛磬,快步由下堂来到后门口,把大佛磬停在檐廊上,钻进了地板下。竹席掩盖着的慈海尸体已僵硬,慈念把尸体拖出来,挪离台阶,拽上檐廊,放在圆底大佛磬上。慈海僵硬的躯体的臀部嵌入大佛磬的空洞部,只见尸体略微晃了一晃,便稳当地落进了大佛磬中。慈念再次转动着大佛磬,由下堂运往正殿。慈海的尸体就像一尾盛在碗里的鲤鱼。慈念把尸体随大佛磬转动着运到正殿的灵柩旁,然后掀开白布,拼命用力,抬起慈海的躯体,尸体僵硬的头部被灵柩的边缘挂住。慈念用力把尸体移离灵柩边缘后,慈海完全地落入了灵柩中,脸面朝下,与平三郎正相反。慈念把慈海的脸部推押至平三郎脏兮兮的长毛小腿间,把慈海的两脚略为张开,让平三郎的胸部和脸部嵌入其中,而把慈海的两脚塞入平三郎两肋的空隙中。接着,慈念把平三郎的工匠号衣拉过来,盖在慈海的背上。然后合上棺盖,敲上棺钉,把白布按原样蒙裹妥当。

慈念给蜡烛点上火,回到正殿中央,又诵起《观音经》来。

> 念彼观音力，刀寻段段坏。或囚禁枷锁，手足被杻械。念彼观音力……

慈念诵着经，侧目望望隔扇，蓦地停止了诵读。在百目蜡烛摇曳的烛焰中，慈念的眼睛为之一亮。

慈念看到了雁。雁在振翅舞动，并随着烛焰的每一下晃动而啼鸣。

慈念口里诵着经，起身回到地板下，处理好从平三郎灵柩中取出来的东西，并拾掇了用过的竹席。慈念缓缓地回到主殿，在正殿中央落座，再次开始诵经。此时，衣笠山小松树林的树梢开始发白。

九日的下午，在二十六名久间家的亲族面前，举行了葬礼。宗亲寺的住持们排成两列，由雪州任引导。出殡时，负责抬棺的是来自平三郎家乡福知山的叔父和阿弟。昨日抬棺的猪之吉和传三郎去挖墓坑了，平吉和作造也另有安排。

"遗体真沉哪。"

在丹波①烧炭的熊太郎嗓音嘶哑地嘟哝道。不过，他想，也可能是四人中有谁没使劲而使重量落到自己身上了。然而，嘟哝声被四名执事僧和五名小和尚的经文唱和声所淹没。唐门开启，灵柩从白沙石上通过，雪州先导在前，赤、紫、黄、橙的各色袈裟及衣裳尾随其后，领诵僧慈念在雪州头上撑起一顶红色大伞，跟在灵柩的后面，望着弯腰抬棺而行的熊太郎和幸太的背影。不多时，灵柩进入衣笠山麓的墓地。

墓坑已经挖好。灵柩由八人抬落至其中，几分钟后，盖上了黑土。

回寺后，慈念立刻焚火，焚烧掉葬礼后散落的竹条、假花、竹席以及款冬叶，还有平三郎的那些陪葬品，以及事先准备停当的慈海行脚僧时期用过的经卷匣。

灰烬必须处理干净。慈念看着火势大燃，直到所有的东西烧成灰烬。在这个时候，慈念的脑海里浮现来到孤峰庵后备受严酷折磨的日子。慈念不论待在若狭的乡村，还是来到

---

① 丹波：即丹波国。日本旧国名，位于今京都府中部和兵库县，属山阴道。

京都，都是孤寂的。无处可以容纳孤寂身心的慈念，会有什么样的梦想呢？在中学里，没有找到，只有对残酷的军事训练的厌恶感。此刻在慈念脑海里复苏的，无非是扛着骑枪，上气不接下气地跟在众人后面行走在京都街头的那种屈辱感。那么，寺院生活又有什么样的梦想可言呢？在折磨人的日课之余，慈念在脑海里描绘的梦想只有一个，那就是利用忍受千辛万苦才适应了的寺院生活，一俟时机成熟，便杀了人，将尸体填进葬礼上的灵柩中。但是，这盘算毕竟只是描绘出来的梦想而已，与对慈海萌生杀机没有直接的联系。然而，自从那天夜里受到里子的侵犯之后，慈念对里子产生了不可名状的憎恶和眷恋。这两种情感混杂在一起，击垮了慈念。甘美的陶醉之后，袭上慈念心头的，只有对慈海剧烈的憎恶。想到被麻绳拉起床，手被勒得发麻，慈念就由衷地憎恨师父。师父的所作所为，同鹈鹰巢中蠕动的蛇没什么两样，不是吗？那日窥见的师父与里子的连夜痴态。

终于把这个慈海从世界上除去了。

久间家葬礼完毕的十日早晨，慈念来到主殿，进入正殿，看到南岳所画的雁，眼里立时充满异样的光芒。他就站在那幅母雁给松针荫中的雏雁喂食的画作前。慈念伸出手指，用足力气戳破隔扇，摘取了母雁。隔扇于是出现了一个窟窿，裱纸外翻，露出了横木条。

第二天，慈念从孤峰庵销声匿迹。从住持北见慈海失踪算起，这天是第十三天。

"我要往师父到过的地方去走走。"

慈念在两三天之前对里子说过这话。里子本来没太往心里去，不料翌日早晨起身后，库堂里不见慈念的身影，不免吃惊。

"慈念！慈念！"

里子大声地四处呼唤。哪里也没见慈念出来。大门侧三铺席大的小间的地席上，放着一只柳条箱，慈念用旧了的被褥也叠得整整齐齐。

里子来到主殿，心想，就剩我一个人了。她凝望着正殿里南岳的画作，想起南岳在她耳畔呢喃的岁月……十年，匆匆逝去。

"孤峰庵就是'雁寺'，洛西将增加一处名胜吧。"

南岳这句不时挂在嘴上的话，至今还在里子的耳朵深处回响。当里子朝第四扇隔扇的下方看去时，发现有一只雁被人挖取了。

"是谁竟敢干出这种事来！"

里子马上想到必定是慈念所为。被挖取的雁，是那只胸部鼓起白毛的母雁。它原本在给张嘴而啼的毛茸茸的雏雁喂食，画面十分美丽。

里子脸色煞白。她想起来了，慈念每回来正殿，总是盯视着这隔扇上的某一点。对于摘取母雁的慈念，里子感到可哀可怜。紧接着，她心生一个奇特的疑问：慈念挖取母雁的事恐怕与慈海的失踪有关联？想到这一点，里子的脊梁骨窜过一阵恐惧的战栗。

里子想起慈海不归的七日那天，那个狂风大作的孤寂之夜。那天深夜，里子感到一种不可名状的恐惧，失眠了。于是想到慈念往今出川的久间家诵经，理该看到濒死的平三郎，但是慈念回寺后什么也没说。获悉平三郎的死讯，是在八日。当时，慈念为什么连久间家兄长卧床不起的事也没说呢？难道说，慈念干出了可怕的事？而这可怕的事又是什么事呢？心头萌生的疑惑毕竟不能开口说出来。里子颤抖起来。然后摇了摇头,打消掉这可怕的疑惑。

一个月后,桐原里子回到娘家。在里子离寺之后的第二个月,孤峰庵来了一位新住持,叫晋山。前住持北见慈海及侍者慈念的去向,无人知晓。包括曾在孤峰庵居住的里子在内,围绕着这三个人的种种传闻,不久就断绝了。

洛西那孤峰庵的主殿里,岸本南岳所作的雁画隔扇,至今还在。泥金的大隔扇,随着岁月的流逝,如今呈现出暗红色,但栖于老松树枝干上的群雁,美丽依然,栩栩如生。

母雁被摘取后留下的痕迹,也依然如故。

越前竹偶

一

以越前的武生市①为起点，面向南条山地，沿着日野川的支流而去，深山里有一所名叫"竹神"的小村子，全村只有十七户人家，星散在溪谷两侧。伸入日本海的南条山脉到此已是悬崖峭壁，这个偏僻的穷孤村就坐落在南条山的山麓，差不多被人遗忘了。附近的人们之所以还谈到它，无非因为它是有名的产竹地。

村里的每户人家都有一所正屋和一个简陋的小屋，正屋的屋顶是用稻草葺的，小屋有一个杉树皮葺的顶，顶上镇放着石块。这家家户户就在竹丛的包围之中，沿着溪谷一字儿地伸展开去。繁密的竹丛按各自的种类形成好几个方块，有苦竹、淡竹、孟宗竹②、矢竹、箱根竹③、伊予竹④等等。竹

---

① 越前：原为越前国府治，在今福井县中部，位于福井平原南端，以织物和越前锻造刀具著称。
② 孟宗原是我国二十四孝中一个以笋奉亲的孝子名。孟宗竹原产我国，高约10米，直径约20厘米，可制竹器，笋可食。
③④ 箱根、伊予，均是日本的地名。

丛围绕房屋而生，丛与丛之间的距离约有一百米，看上去，每户人家都仿佛静静地隐蔽在竹丛之中。

这是一个从事竹工艺品生产的村子，各种竹子应有尽有。在这狭小的天地里，竟然还培植有紫竹等名贵的小竹丛，正是因为这些珍品是竹工艺品少不了的好材料。

由于多竹丛，加上背山而居的缘故，村里的家家户户无不显得昏暗而阴森；因为多雪，当地那种歇山屋顶的三角形屋脊陡直发尖。全村的屋顶一年到头没有干燥的时候，路边角落里长满了蕈类，散发出一股霉味，始终是那么潮湿。

十七户人家原来并不从事竹工艺品生产。村里的人们在沿竹神川这条溪流旁的平地上，利用竹筒引水灌溉，开垦了一些水田。开在斜坡上的这些水田，都是一小块一小块的，有的只有一张铺席大。不便引水的地方就辟成旱地，村民得攀登弯弯曲曲的羊肠小道去种植甘薯、旱稻、卷心菜等作物，还种麦子，运送肥料便成了一桩相当繁重的体力活儿。冬天，则约定俗成地进雪山烧炭。

然而，也不知从什么时候开始的，村民们努力从事起竹子的栽培来，他们伐取做竿子、钓竿用的竹子卖给来自武生和福井的竹材收购商，这成了村民们零星现金收入的来源。

大正① 初年，这个竹神村里出了个名叫氏家喜左卫门的人，他还曾当过区长。喜左卫门自小心灵手巧，他从屋后的竹丛中伐取竹子，利用空余时间制作了竹篮、竹篓、伞骨、扇骨、茶筅②等用具。鲭江③、武生一带的杂货店闻讯后纷纷前来进货。如果像从前那样只知一味卖竹材，要不了多久，小村子里有限的竹丛将被砍光。而编成竹工艺品再卖，既能赚钱，又有利于保护竹丛。于是喜左卫门开创的这项副业生产不久便波及整个村子，人们来到喜左卫门家的小屋里学习手艺。一时间，十七户中有三分之二的人家都埋头于竹工艺品生产了。据说是因为村子建在陡坡上，村民们的祖辈为了防止雪崩而栽种了竹子，没想到这竹子竟带来了意想不到的副业，"竹神"这个村名也因而不胫而走了。

---

① 大正元年是 1912 年。
② 茶筅：即茶刷，一种茶道用的圆竹刷，用来搅和粉茶。
③ 鲭江：福井县中部的城市，北邻福井市。

春天，冰雪开始消融后，可以看到村里的竹工艺匠们背上冬天里编制的竹篮、竹篓、锅垫、插花筒等竹器，翻过高高的南条山脉，去城里镇上卖钱。

竹神村里的竹工艺鼻祖氏家喜左卫门这个人，妻子早亡，与独生子喜助一起相依为命。喜助三岁时就与母亲死别，所以母亲的面貌没有给他留下什么印象；父亲喜左卫门简直像精心培育一株紫竹似的疼爱、抚育喜助。

喜左卫门身材矮小，只有四尺两三寸高，像极了孩童；他的脸型也很小，也是一副孩童般的脸孔；与个子相比，头部却是不合比例的硕大，后脑勺突出；也因为他总是把头发剃得非常短，看起来就像是个小和尚；眍进去的小眼睛闪烁着尖锐的光芒——这就是这位竹工艺匠大体的风貌了。喜左卫门的儿子喜助又很像父亲，简直一模一样。

喜助因个子矮小而受到村里人的歧视。但由于他的父亲是竹工艺匠的鼻祖，所以村里还没有人放肆地嘲笑他。在喜助的少年时期，邻村广濑已经建有小学的分校，矮小的喜助就不得不忍受人们的嘲笑到学校里去上学。为此，喜助很不愿意在外抛头露面，便跟着父亲学起手艺来。喜助咬紧牙关奋发努力,他想,我要是能做出父亲那样的一流竹工艺品,就可以在众人面前争口气了。

喜左卫门之所以会搞起竹工艺来,本也是因为自己身材矮小、双臂无力的缘故,那种背着装炭的口袋,冬天进山烧炭的副业,他是不适合的。村里的人们翻过雪山,到三日里①外的山坡上去修筑炭窑,这是喜左卫门无论如何没法做到的。于是他便在小屋里铺下席子,坐在露出棉花的坐垫上,专心致志地埋头制作竹工艺品。

喜左卫门用他灵巧的手编制出了精致的鸟笼,还有茶筅、插花筒、搁笔架、饭盒,甚至编制出十分趁手的厨房用具。在征兵检查中被列为丙等后,第二年,喜左卫门上京都旅行,在拜访竹工艺匠的家和批发店的同时,进一步研究竹工艺品。回村后,喜左卫门惟妙惟肖地进行模仿,制作出了几十种样式的竹工艺品。没隔多久,人们纷纷来向喜左卫门学手艺,积极从事竹工艺品生产。由于需要竹子并丰富竹子的品种,人们特地开拓了土地,有意识地栽下适用于各种竹

---

① 日里:日本的长度单位,1日里为36町,约合3.927公里。

工艺品的竹种，培育的结果，村子里的竹丛便越来越多了。

氏家喜左卫门就像是竹之子，虽说他的手小得像孩童，又长着纤细的手指，可是一触及竹子，便如有神助似的灵巧无比。大正十一年暮秋时节，喜左卫门离开了人世，终年六十八岁。一直到临死前，他还在杉树皮屋顶下的阴湿作坊里操作竹工镟具。所谓镟具，其实是一种万能竹锥，举凡竹匠，都少不了这种手制的工具——取一根橡木棒为棒轴，包上皮革，使它和一根横木相组合，再在棒轴的顶端安置一把叫做"鼠牙锥"的刀锥。随着横木的上下移动，棒轴便自然地旋转，这样就能够轻而易举地在坚硬的竹子上钻出孔洞。喜左卫门正是在握着这种镟具制作小鸟笼的时候，终因体衰力竭而倒下了。

喜助发现作坊一片沉寂，心里感到奇怪，便奔进那间小屋。此时，喜左卫门脸上已血色全无，他睁着失神的双眼，嘴里像是要说些什么话却又开不了口，很痛苦。有一个叫与兵卫的邻居恰好路过这里，便跑进小屋，帮助喜助把喜左卫门抬进正屋的房内。他们铺好床，让喜左卫门睡上去。喜左卫门精疲力竭，卧在床上，脸都不曾抬一抬。因为除了衰老之外，他平时一贯长时间地坐着工作，所以下半身本就虚弱无力。喜左卫门骨瘦如柴的纤小身躯睡在露出了棉花的被褥上，显得小不可言。喜助心里明白，现在是父亲的弥留之际，便去叫村里人来。全村十六户人家的男女村民赶到时，喜左卫门已经临终了。然而，就在咽气的当口，喜左卫门发出痛苦的声音喊了两声喜助的名字："喜助，喜助！"

"把外廊的门打开。"他有气无力地说。

喜助遵嘱奔向起居室前大门紧闭的外廊。喜助卸下门闩，打开室门，狭小的院子顿时出现在眼前，暮秋时节的阳光柔弱无力，假山上的杜鹃花已经枯萎。在假山的那一边，混杂着黄叶的苦竹也齐齐摆动着竹梢，在风中摇曳。

"喜助，"喜左卫门又叫起儿子来，然后无力地说道，"唔，十一月份伐苦竹，明白了吗？"

说过这话后，没一会儿，他就耷拉下脑袋，喉咙口发出一声响动，断了气。他没有什么遗嘱，仅留下那么一句话：在暮秋的十一月份伐苦竹。

村里的人们一直看着他寿终正寝。喜左卫门使竹神村有了竹工艺这项副业生产，可以说，喜左卫门是大家的恩人，面对恩人的临终，当然没有人不流泪的。然而喜左卫门临死时留下的那句话含义何在，却只有他的儿子喜助知道。

一般说来，竹材收购商为采购竹子而去找竹丛的主人时，商人得到的回答总是"请过了春天再来"。商人收购到手的是春竹。原来，过了春季伐竹的话，留下的竹根在夏季就开始干枯，它们便做了竹林的肥料，可以使其他竹子更好地成长。对珍惜肥料的竹丛主人来说，反正是伐取竹子，何苦不选择春夏之季砍伐呢？伐春竹的原因就在此。然而，只有喜左卫门与众不同，他习惯于暮秋时节伐竹。秋冬之季，地面寒冷，竹子被伐后，留下的竹根还活着，这种废竹根将耗费竹林的相当一部分肥料，这无疑是不合算的。可是喜左卫门到底是一位竹工艺匠，他告诉儿子，用于竹工艺品的竹子只能限于冬竹。

砍伐来的冬竹，并排置于屋顶下的三角形空当里①。于是，在地炉烟火的熏焙下，竹子自然而然地成了烟熏竹，十

---

① 利用屋顶下的三角形空间堆放东西，由来已久，日本古时候用张以席子的办法来承物。

分干燥，特别坚实。做鸟笼、插花筒、果盘等竹工艺品，尤其需要坚固的竹材，非此类烟熏竹不可。所以，喜左卫门是把重点放在竹工艺品上的，他首先想到的并不是竹丛。

喜左卫门临死时还不忘叮嘱要在十一月份伐取竹子，他的这种性格很使儿子喜助感动。喜助看着父亲说了那句话便闭上眼安详死去的遗容，不禁痛哭起来。这与其说是因为悲恸所致，倒不如说是因为喜助眼前浮现出往日跟随父亲漫步于京都及大阪的竹丛的情景所致。

满脸皱纹的与兵卫站在一旁，泪水晶莹，他抽吸着鼻涕说：

"你爹是竹精化身，喜助，你也要发奋努力，不能亚于你爹，怎么样？从明天起，你爹不来了，他死了，作坊是你的了；你爹生前不让你摩挲的工具也成了你的了；镞具、老虎钳、锥子、三角刀，都成了你的了。你爹的工具是到越后①的三条②才买到手的，都是非常好的工具。你接下了这

---

① 越后：属北陆道，即今日本新潟县。
② 三条：即三条市，位于日本新潟县中部，是日本重要的小五金产地。

些工具，从明天起得好好干，知道吗？"

那天寒风凛冽，喜助家周围竹丛里的竹梢在风中剧烈摇曳，竹叶间的摩擦声大作。听上去，这声响犹如一片哭泣声，是在为年近七旬的竹工艺匠喜左卫门之死而悲鸣。

那是在十一月末，那年，氏家喜助二十一岁。

由于竹神村没有寺院，喜左卫门的葬礼在一溪之隔的广濑村的瑞泉寺举行。竹神村的村民世世代代把这地方作为自家的菩提寺。全体竹神村村民参加了葬礼。遵照区长与兵卫的意见，喜左卫门的坟墓不安置在菩提寺里，而是落置在喜助家屋后的竹丛坡上，在那里，村民们开辟出一块尚能照得到太阳光的平坦土地。这也是全体村民的一致意见，因为喜左卫门是有功于村子的人，大家希望将他的遗体安置在村子里。到了十二月，雪花纷飞，一块书有"竹工艺匠　氏家喜左卫门之墓"的塔形墓碑在墓前竖起。

石碑竖好不久，在一个天空飘着小雪的午后，喜助在父亲生前常坐的作坊"座"上摆了一只火盆，便躬起小小的身躯，专心致志地转动镞具做鸟笼。这时，一个披着斗篷的女子站在这间小屋的门外朝里瞅，她身穿和服，下身是一条劳动裙裤，看上去三十岁不到一点。

"可以进来吗？"女子的声音很低，并弯下身子往屋里瞅，然后又面对喜助，不疾不徐地问道，"请问，这儿是氏家喜左卫门先生的家吗？"

喜助吃了一惊，停下手中的活儿，望着女子。显而易见，她不是本村的。看她那露出一点的红色衬衣领子，有来自大城市的腔调。

"正是。"

喜助回答得有些拘谨。有一瞬间，喜助觉得自己曾经在什么地方看到过这个女子，然而他回忆不起来了。女子把喜助那昏暗的作坊仔细打量了一番，连屋角都没放过。她跨进门槛，一双修长的眼睛眨了又眨，脸上笑眯眯的。女子的相貌端正，生就一双细线般的修长眼睛，圆圆的脸蛋显得很可爱。喜助感到她也很慈爱，脸上不由泛起一阵红晕，难为情得一声不吭了。

"您是少爷吧？"女子问。

"是的。"喜助回答。

女子流露出无比怀念的神情，问道："我曾受到过您父亲的照应。听说您父亲去世了，我想去上一下坟。可否请您告诉我，他的墓在哪儿？"

听女子说到父亲曾照应过她，喜助惊呆了。喜助想，这女子有些面熟，会不会是自己同父亲一起去武生或鲭江时见过的女子？然而喜助怎么也回忆不出来。

"您是哪一位？"喜助鼓起勇气问。

"我？"女子起先有些支支吾吾，随即便说，"我是微不足道的人。就请告诉我那墓在哪儿吧。"

喜助想，这女子大概是老板娘，不是在武生、鲭江开店，就是在福井一带开土杂店或玩具店。喜助也知道，在竹工艺品批发店当中，不乏这种老板娘。每年春天一到，父亲便做起生意来，他外出去拜访这些批发店，两三天不回家是常有的事。喜助常陪着父亲到那些城镇去，但那都是少年时期的事情，他早就不记得当时曾见过什么人了。喜助想，这个女子一定是因为做买卖而同父亲结识的。

尽管如此，她不肯告知姓名实在令人费解。但一想到女子不辞劳苦，走这么长的雪路，特意前来上坟吊唁，觉得应该沏茶才对,便引女子到正屋落座。

女子婉言辞谢,嘴里说着"不必那么客气嘛",两脚却横穿过铺了雪的石子路,随同喜助往正屋走去。这女子身材较高,胸部丰满,见此,喜助的眼神倏忽间变了,这眼神像在品尝从未感受过的母亲的味道。进入室内,喜助哆嗦着手指提水泡茶,然后端到女子面前,手势很不自然。

"唔,可以知道您的名字吗?"喜助问。

女子显得温和可亲,喜助觉得她同亡父不像是单纯的老朋友关系,所以才鼓起勇气这么发问的。

"我吗?"女子说着,俯脸向下犹豫了好一会儿,然后回答说,"我是芦原①的玉枝呀。"

这句话仿佛终于勾起了她的勇气似的,女子接着说:

"您是叫喜助吧?我是从您父亲那里听来的,他常讲起您。我从前见过您,那时候您还小得很呢,"女子眯起双眼,继续说道,"您父亲为人真好,他每次来芦原,总到我那儿去的。"

---

① 芦原:即芦原町,位于日本福井县北部,为北陆温泉乡南端的温泉镇。

喜助无法断定这女子在芦原是干什么行当的。他想起来了，自己的确与父亲一起去过芦原。芦原是越前唯一的温泉镇。从竹神村出发，经武生市到福井市，然后换乘去三国①的马车，便到达这个温泉镇——芦原，镇上的旅馆数量也很多。这芦原是个有来历的温泉镇，它与加贺市的山代、片山津一样，是北陆道有名的温泉地。喜助随父亲外出接治生意时，也在芦原投宿过一晚。可是喜助只记得曾在大旅馆的一间屋内住过，看到过宽大的院子；只记得在木板围成的浴池里给父亲擦过背。喜助想不起这个女子。然而他又不得不转回头想，既然自己确信曾在什么地方看见过她，那就是在那个时候看到的吧。

"想起来了吧？"玉枝问。

"不，想不起来。小时候，父亲虽带我去过芦原、京都、大阪等地方，但与女子有关的事，我没有丝毫的印象。想起来的全是竹子：宇治②的孟宗竹，小栗栖的苦竹……"喜

---

① 三国：即三国町，位于日本福井县北部的小型拖网渔船基地。
② 宇治：即宇治市，位于日本京都府，北邻京都市，以高级名茶玉露的产地闻名。

助说。

"嗨,"玉枝露出雪白的牙齿,嫣然一笑,"少爷,您只记得竹子,就是想不起有关我的事了吗?嗬哟……"

女子说到这里,向喜助飞了一个媚眼,然后用纤纤细手指捧起茶碗呷了口茶,茶水差一点儿没洒出来。看到女子的这种媚态,喜助的脸越发红了。昏暗的屋内只有他们两人,这使喜助感到很窘。如花似玉的女客到这孤寂的家中来,这实在是绝无仅有的事。

过了一会儿,女子站了起来,说:"那么,现在请您领我去上坟,行吗?"

"哎。"

喜助站起身,领女子出了家门,向屋后的竹丛走去。

"竹子真多哪。"

后门口的竹丛就叫她看得出了神。过了一会儿,女子跋着踏雪的草鞋进入竹丛。这片竹丛全是矢竹。和孟宗竹不同,矢竹的竹叶细巧,竹干也是细细的,一根根竹子像梳齿般疏密有致,美观的竹节排列得整整齐齐,画出一条条白色的轨迹,仿佛有一根根白色丝线把竹子串了起来。

"多美的竹子呀！地上又这么干净，一片竹叶都看不到！"女子叹道。

进入竹林，仿佛雪也停了。积在竹叶上的雪花，不时刷地滑落到女子的斗篷上。她好像不知如何迈步才好似的，时不时看看脚上的草鞋，止步不前。

坟墓在矢竹与淡竹的竹丛交界处。登上石级来到塔形墓碑前，女子便从腰带间取出念珠，双手合十。然后，她闭上眼睛，口中念念有词地讲了些什么话。喜助在一旁望着，发现她那微胖的脸颊颤抖了一下，眼角淌出了一串晶莹的泪珠。喜助一直目不转睛地望着这张侧脸。

在刻有"竹工艺匠　氏家喜左卫门之墓"的塔形墓碑侧面，还刻着一行字：

宝竹院青山一峰居士

这是喜左卫门死后的法名，是菩提寺的和尚给起的。女子把这个法名低声口诵了一会儿，又唱了三遍"南无阿弥陀佛"，便合上了两眼。

女子郑重其事地向喜助施礼，对他的引领表示感谢后，便告辞回家。

两人一直走到作坊所在的小屋的屋檐下，才分手道别。这时，雪花下得更大了。通向村子的唯一一条路是沿着溪谷的弯弯曲曲的路，路上耸天而立的杉树树梢挂满白雪，像极了针尖。喜助目送着女子朝黑白相间的大杉树下走去，一直望着她那披着黑色斗篷的身影越来越小……

"玉枝，芦原的玉枝……"喜助的口中一再喃喃自语，他不记得自己从前曾和她见过面。然而，他永远忘不了她留下的笑容，这笑容始终温暖着喜助的心。在她那修长的眼睛里，喜助感受到了温柔可亲的母爱。

接着，喜助回到了作坊。火盆里的火种行将熄灭，喜助便搅动起火灰，火盆里又出现了她的倩影。喜助闪动着热乎乎的两眼，转动起镞具来。

镞具吱咕吱咕地轻轻转着，经久不息地回旋在喜助那孤寂的作坊的天花板上。门外，风越刮越猛，好像成了暴风雪。听着呼啸的山风，喜助心里忽然担心起踏着雪路而归的名叫玉枝的那个女人来。

二

喜助个子矮小，所以有一种自卑感。他母亲恐怕也很矮小。父亲是个矮子，儿子的个子也不高，这本来也没有什么可奇怪的。不过世上确也有这样的人，父亲的个子虽然矮小，只要母亲有个中等身材，这人秉承了母亲的血统，就能长成普通人的个子。然而不知为什么，喜助却和父亲相像。父亲在世的时候，喜助还不怎么自卑；父亲去世后，这种自卑感加深了，大大地苦了喜助。的确，喜助即便坐在作坊里，也仍旧像个小孩，再如何踮脚伸手，还是够不着门上框。

从竹丛里伐下矢竹，扎成一束束扛回小屋，需要喜助在村中的道上来回走好几趟。由于个子生得矮小，竹梢便在地面上拖行，这使喜助感到很难堪。虽说得了父亲的遗传，生来心灵手巧，编制竹工艺品的手艺不比任何人逊色，然而从村里年轻姑娘面前走过时，喜助的脸就会发红，他就会赶紧加快脚步溜过去，觉得有人在嘲笑他。这就是前面说到过的那种从小学时期就有的屈辱感。幼年的喜助心里就曾留下矮小的父亲遭人嘲笑的记忆：村里的人们会在各种事情上对他父亲评头论足，叽叽喳喳地加以嘲笑一番。父亲死了之后，喜助感到村里的这些人似乎把嘲笑的对象转到了自己身上。这就更加深了喜助的自卑感，他的情绪越发低落，越发郁郁寡欢了。

喜助还不曾接触过女人。他到武生、鲭江、福井等地去时，批发店的店主热情地欢迎他，还请他吃晚饭。那个时候，有一些女子前来伺候，喜助从未正视过她们的脸，酒也不沾一滴。他低着头不看她们，传递出一种尴尬的气氛，眼见着要使场面冷落下来，便马上主动退席，然后独自一人连夜走山路回家去。他并不是讨厌女人。与女人说话本是一件乐事，但是不知为什么，喜助总感到手足无措，有点发僵。

喜助今年二十一岁，他一直认为：上述那种情况不只是自己才有，父亲也肯定如此。然而，那天突然来了个女客，自称"芦原的玉枝"，说她从前蒙受过父亲的照应。想到这一点，喜助重新品味了一下话中的意思，不由一惊。

"难道父亲在外面也有女人吗……"

喜助实在是半信半疑。可是，玉枝这女子呀，一看就不是不好的女人。她不辞路途遥远，冒着风雪专程前来上坟；

如果没有相当的诚意，当然不可能到这种地方来上坟。

由于玉枝这女子的出现，喜助对父亲产生了新的视角。说不定，玉枝在芦原是卖笑的？从前，父亲说是去批发店那儿的日子，其实准是住在那个女人家中无疑。

这么一想，喜助就很想到芦原去一趟。他想去拜访玉枝，想再和她谈谈父亲，谈谈从前的旧事。

干活的时候，喜助也净想着玉枝，努力回忆着往事。

芦原的旅馆街，两旁并排立着两层楼的房子，走廊上是有扶手的栏杆，看上去宛如演戏用的布景，很好看。喜助和父亲一起去那里的时候，在镇中央一家数一数二的大旅馆下榻。喜助依稀记得，有很多的下女把手扶在宽大的正门上，肩上斜挂着红颜色的带子①；她们都梳有挽髻，都擦香粉，口唇涂得红艳艳的，从走廊上走过时，女人身上强烈的脂粉气扑鼻而来。

喜助和父亲在那里住了一宿，第二天便回竹神村，喜助记不得那家旅馆里有玉枝这么一个女人，他也回忆不起下

---

① 斜系在两肩处而在背后交叉的带子，劳动时用来系挂和服的长袖。

女中谁的态度特别亲切。照此看来，父亲肯定还是在竹工艺匠碰头会等场合去的芦原，在到什么人的家中去时，与玉枝在那里邂逅相识。肯定是这样的。然而玉枝的家究竟是在哪里呢？

玉枝的相貌、仪表、谈吐，都使喜助喜欢得着了魔，所以想到父亲喜左卫门同玉枝要好，虽说他心里也明白这是情理之中的事，但仍不免有些妒忌。

喜助不记得母亲的音容了。他听大人们说，自己三岁时，母亲挑着粪桶倒在竹丛中，就那么死了，说是心麻痹所致。喜助听父亲说过，母亲的体质向来虚弱，生下喜助之后，产后迟迟不得复原，乳汁也没有，喜助是靠喂米汤长大的。每回听到薄命的母亲先于父亲去世，而且可怜地死在竹丛中，喜助都不胜悲痛——自己此生从没有机会感受温柔的母爱。

也许正因为如此，喜助对女子的恋慕之情要比一般人强烈得多。尽管如此，甚至是在村里的女子，喜助也是一碰上就发僵，话也讲不出来。这究竟是什么原因呢？喜助原先认为这是遗传。然而父亲不是瞒着自己，去同玉枝这样漂亮的女人暗中交往吗？想到这一点，喜助的心受到了冲击，他感到有什么东西要往外喷发。

"对，得去芦原看看。我也非得娶一个女人不可。如果能娶到像玉枝这样的妻子，该多快活啊。我将用尽浑身解数，编制出精巧的竹工艺品让她瞧瞧；我要成为日本首屈一指的竹工艺匠让她瞧瞧……"

喜助转着镞具，热乎乎的胸膛里翻腾着这种思想。

氏家喜助去芦原温泉是在四月里，那年他二十二岁。玉枝来上坟是在前一年的十二月里，这中间整整隔了四个月。喜助为什么长达四个月之久没有离开竹神村呢？因为白雪深埋了大地。前面已经说过，竹神村位于日野川下游的高地上，积雪比芦原和武生来得深。由于没有人来扫除积雪，道路全埋在雪中，山上一片荒芜，道路和溪谷都分不清楚。所以在这期间，邮递员也不来，电灯也没有，整个村子完全与世隔绝。

在这孤零零的村子里，人们一心一意地编制竹工艺品，等到来年春天拿出去卖钱。在喜助家那小屋里的壁架上，也陈列着好几种精巧的竹工艺品，喜助期待着冰雪一旦消融就将它们拿出去卖。从他父亲那一代开始，雪一化，京都和大阪的工艺品商店就有人来选购精致的竹工艺品。喜助除了编制一些村里人都要做的竹篓和竹篮之外，还抓紧琐碎时间，编制一些特种茶筅和精致的扇骨，可以说，他比村里的谁都勤苦。

四月二日早晨，喜助穿过还留有积雪的杉树林，登上崎岖的山路，背篓里大约放着三十个装糕点的竹制容器，打算给武生和福井的杂货批发店送去。卖掉之后，全身就轻松了，再说，还可以赚些钱到手。

在昏暗的小屋里蹲了一冬，走在充满阳光的山路上，喜助的脸色发灰发黑，然而，春天的阳光使喜助的双眼熠熠生辉。喜助是全村第一个离开村子的人，他上路的时候，天还黑着。喜助这么做，固然是因为个子矮小，走不快，但最主要的原因还在于：喜助不愿意背着背篓，与赶山路的女人们相遇。

喜助上午抵达武生，生意交涉完毕，就转向福井，下午三点钟就把事情料理清楚了。于是，喜助满怀希望地朝芦原进发。

喜助在温泉街上走过，路上的人很多，都是来温泉洗澡的客人。因为雪化了，附近的人们便络绎不绝地拥向温泉。可以看到那些身穿和式棉袍的男男女女把脚下的木屐踩得笃笃响地拥向射击场和土特产商店。

喜助看见土特产商店旁边并排挨着一家墙面涂漆的廉价饭店，他便走了进去。肚子也真饿了。喜助想，如果饭店里有性情温和的姑娘，就向她打听一下玉枝的事。喜助把店堂扫视了一圈，看见有三个十八九岁的女子挨在一起，她们身穿飞白花纹的和服，外系黄色薄毛呢质地的腰带。喜助要了一大碗鸡蛋烩饭，由于身材矮小，坐到了桌边，也差点让桌面顶到喉咙。女子们看到这番情形，流露出有点异样的眼神，开始窃窃私语。过了一会儿，其中有一个女子给喜助送上茶水，她带点农村味，圆脸蛋，矮个子。

"我想向您打听一个人，不知行不行？"喜助鼓起勇气问道。

这女子愣愣地望着喜助的脸。

"这个人叫玉枝。不过，我只知道她住在芦原，家在哪里不清楚。"喜助说。

"玉枝?"女子看了看自己的同事,露齿微微一笑,随即问道,"您知道她姓什么吗?"

"她姓什么我不知道,只知道她叫玉枝,圆圆的脸,白皙的皮肤。"

"哦?"女子的眼睛都睁圆了,"会不会是三丁镇的?"

她说着,又朝同事那边望了望,突然,嘴角露出鄙夷的微笑,补了一句:"大概是三丁镇的。"

"三丁镇?那倒是在哪儿呀?"喜助问。

女子回答说:"都是妓院,也有小酒馆,那里有很多女人……所以去的人很多。不过,艺伎当中并没有名叫玉枝的呀。"

氏家喜助一听到"妓院"二字,脊背都凉了。女子像唱歌似的说道:

"看来,一定是三丁镇无疑。你不妨去打听一下试试,也许真有叫玉枝的呢。"

三

芦原的妓院还不能称为正式的妓院,只是在街上并列着一家家窑子而已，没有妓院那么大的规模。这里原来是温泉街，所以是有艺伎的。艺伎当中的三流、四流角色，习惯上得到外面酒馆去招徕嫖客。三丁镇的妓院就不同了，那里没有艺伎，都是真正的娼妓。在街的两侧，一半是平房，一半是两层楼的建筑，中间嵌着一条狭窄的道路。但也毕竟是一条娼妓街，只见房子的大门都镶着红色或蓝色的玻璃，脖子涂得白白的妓女们端出椅子，在招呼路过的客人进来。

喜助进入这街市的时候，暮色已经降临，这时刻，街上总算呈现出活力了。喜助拣了其中的一家，走进去，于是，屋里随即出来一个二十二三岁光景的妓女。喜助问道：

"请问这街上有个叫玉枝的人吗？"

妓女从上到下无所顾忌地打量着喜助，她觉得喜助的身材还像个孩子，但是仔细瞧去，一张脸却是大人相了，所以瞪着一双吃惊不小的眼睛，心不在焉地嘟哝了一句：

"您说的那个玉枝，是不是'观花院'的阿玉姐？"

"'观花院'的阿玉姐大概有多大年纪？"

"这个嘛……已经过了三十，但显得很年轻，皮肤洁白。"

"对，对，就是她。"

喜助说道。他庆幸自己来对了。便问妓女，那个阿玉姐的名字是不是叫玉枝。

"准是叫玉枝，没错……是个好脾气的人，"妓女说后，又朝喜助盯了一眼，补充道，"不过，喂，也不知为什么，玉枝近来卧病在床呢。"

"病了吗……"

"是啊，感冒一直不见好。听说最近就没起来过，店里也一次没去。"

喜助流露出担忧的神色，问道："您说她病倒了，是躺在'观花院'吗？"

"是的。"

妓女见喜助的神态十分认真，也就神情严肃地继续说："听说让她上医院去，可她偏要待在家里。虽说平时身体很好，但顶着大雪，湿漉漉地回家，当然得感冒啦。"

喜助只想赶快见着玉枝，便性急地打听"观花院"的所在。妓女告诉他，顺着这条道走五十米左右，左侧的一家两层楼房子就是了。喜助向和蔼可亲的妓女施礼致意后，便向着指点的方向，急匆匆地赶去。

不一会儿，喜助已经站在二层老楼——"观花院"的前面了。两个年轻的妓女走出大门往地上洒水，但眼睛却净盯着喜助这边。喜助走上前去，对其中的一个妓女说道：

"请问玉枝姐是在这里吗？"

"……"

两个妓女彼此对视一眼，那是对喜助的相貌和身材表示轻蔑的一种眼神。

"在的呀。"妓女终于回答。

"听说她病倒了，劳驾带个口信，说竹神村的喜助前来看她，就说是竹神村的喜助，她马上会明白的。"喜助有点激动。

两个妓女直勾勾地盯着喜助噘着嘴的脸看，然后哒哒哒地拖着木屐进去了。喜助在大门口等了好一会儿。

先前的那个妓女出来了，说：

"请进。"

她说话的口气已和方才有所不同。喜助走进铺水泥的土间，屋子空荡荡的，也有着红色和蓝色的玻璃门。街上的路灯亮了，水泥地上便印染出了花纹。喜助站在水泥地上，朝昏暗的走廊方向望去。刹那之间，喜助觉得呼吸一下子停止了——玉枝伫立在那里！与去年天降小雪那次见到的玉枝相比，今天她的脸却是瘦多了，简直都认不出来了。玉枝精神不振，剔透的皮肤十分苍白。

玉枝裹紧睡衣的领襟，两眼盯着喜助看，脸上突然涌起了血色，问道：

"由衷地欢迎。就您一个人吗？"

"就我一个。"喜助回答。

"喔，那么请进。我正休息着，没上店里去。请，地方很脏，请多包涵，进来吧。"

喜助便听从玉枝的话，在阶梯口脱下了长筒胶靴，向里屋走去。

喜助是第一次上妓院，从昏暗的走廊上走过时，他和一个只穿着长衬衣的妓女擦身而过。身穿竖条纹红色睡衣的玉枝，拖曳着衣裾，引着喜助通过走廊，进入最里面的一间屋子。

这是一间六铺席大的房间，光线昏暗。屋檐像掉下来似的一直遮到窗子的上方。不过，与竹神村正屋的起居室相比，喜助感到，还是这间屋子亮堂得多。壁龛前铺着被子，拾掇得整齐又干净。壁龛旁的窗边摆着一只放玩偶的箱子，一只红漆小梳妆台和一只小茶几并排立着，靠墙摆着一只桐木衣柜。看来，这就是玉枝的房间了。喜助站在门口，对玉枝说：

"去年承您厚意，十分感谢。"

玉枝说："打过年起，我的这儿就很不舒服，身体很不好，一直卧床休息。去看了医生，一直在吃药。"

她把手按在右胸上，声音低沉无力，脸上微微带笑。喜助想起先前给自己指路的那个妓女也说过，玉枝被大雪所淋，缠上了风寒。现在又听玉枝谈到打过年起一直卧床不起，他脸都抬不起来了。喜助想：玉枝来竹神村是在十二月的月中，那天的白天就下起了小雪，到傍晚已是大雪纷飞，玉枝一定是因为冒着大风雪赶路而招致胸部得病的。

"说真的，您一定是来我家上坟后得的病根，那天的雪很大，您在大风雪中赶路，所以受了风寒，对吗？"

"……"

玉枝两眼无神地望了望喜助，微笑着说："那天，我很顺利地到达了武生，不料乘上火车后，突然感到寒气逼人，过年时就成了这样子，咳嗽不止。"

"这么说，那还是因为到我家去才得的病呀。"喜助说。

他感到自己负有责任——这病是因为给父亲上坟引起的。喜助流露出十分抱歉的眼神，望着玉枝苍白的面容。玉枝避开了喜助的视线，搅动长火盆里的火灰，起出火种，颤抖着手指加上炭。然后，玉枝用铁壶里的开水泡上茶，用苍白的双手递到喜助面前。

"喜助哥，您认识这是什么吗？"玉枝突然指着摆在壁龛旁边那只放玩偶的箱子，问道。

喜助看到一只高约两尺的玻璃箱里放着一只玩偶，就感到这玩偶不同寻常。喜助刚才进屋来的时候，曾经漫不经心地扫过一眼，现在仔细一观察，发现似乎是竹子做的。

"这是竹偶哪。是您父亲亲手做的，也是他送给我的呢，"玉枝无限深情地接着往下说，"喔，他把这竹偶送我的时候，是我刚刚到这里来的那一年哪。快十年了吧。喜助哥，您小的时候也来过这里，那时您还穿筒袖和服，摇摇晃晃地跟在您父亲身后吵着要买糖吃。您父亲很喜欢我，特意为我做了这只竹偶。"

喜助那望着玻璃箱的双眼立刻定住了，发出一种异样的光芒，一动不动了。

这是一只喜助从未见过的竹偶。他打开玻璃箱的盖子，把这只高约一尺的竹偶拿在手里观看：工艺水平可谓无与伦比！竹偶的形象就是江户时代的妓女吗？喜助虽然并不知晓，但是如此精工细作的竹偶，还是第一次看到——向后隆起、盘成髻的头发上插着泥金漆木梳，衣服则模仿了单层和服的样子，鹿点花纹和褶皱都由竹皮的天然斑纹形成；脚上那双三齿少女木屐也是竹子做的；系结在前面的那根宽带子，也是全由竹皮制成；再看竹偶的背面，可以看到用矢竹裂成的脊背，黏合之精巧，可谓恰到好处。

"您父亲那次到我这儿来，也是个冬天，他特意给我送来的哪。"玉枝说。

父亲在十年前做的竹工艺品，经玉枝精心护持，得以保存了下来。父亲利用竹皮，竟然做出了这样的和服，其中的创意使喜助赞叹不已。喜助觉得，竹偶的任何一部分都浸透着父亲的精魂，这使喜助感到激动不已。

喜助想："父亲是迷上玉枝啦。他竟不辞辛劳，踏着雪路赶到这屋里来送礼。正因为喜欢玉枝，才做了这样一只竹偶送来……"

喜助的脑海里浮现出父亲生前在作坊劳作的形象。然而在喜助的记忆中，并没有父亲制作这种竹偶的印象。

喜助想："看来，父亲是在我睡着之后，悄悄地爬起来制作这只玩偶的，准是这么回事。"

喜助拼命忍住快要夺眶而出的眼泪，他不想让泪水滴落在手中的竹偶身上。

"喜助哥，"玉枝向着背对自己的喜助说道，"这只竹偶是花魁的化身哪。我把在岛原①时见过的太夫②的事情讲给您父亲听，他听后对我说：'我来做一只太夫的竹偶给你，你也会成为岛原太夫那样的名妓的。'于是就做了这只竹偶送给我了。"

喜助一边将竹偶收进玻璃箱里，一边望着玉枝的侧脸。

---

① 岛原：此处当指京都市下京区，该区西部多妓院。
② 太夫：日本江户时代官方准许的最高级妓女。

与刚来时相比，玉枝的脸上略微显出了一些血色，她一面不停地咳嗽一面说：

"喜助哥，您去过京都吗？"

"嗯，"喜助答道，旋即控制着行将掉落的鼻涕，说，"我时常跟随父亲去京都。不过岛原什么的，倒是没去过。记得上回也说过，脑子里还存有印象的东西，就是宇治的孟宗竹丛和小栗栖的苦竹丛，还有茶山下那海一般的竹丛。"

玉枝也眯起双眼，叹道："是啊，宇治真是个多竹的地方哪。"

喜助见玉枝也知道宇治的竹丛，感到更加可亲了。喜助听到玉枝略显神伤的谈吐，看到玉枝明显消瘦了的腰身和近乎透明的白皙肌肤，不由十分吃惊——过年前看到的健健康康的身体，害了一场病怎么就变成如此状态！喜助总觉得玉枝变老了，眼角出现了三四条细纹；嘴唇虽然形状姣好，但是从鼻翼下方向两边唇角引出的八字形笑纹也颇凄凉。整体上已经透出一种行将下世的光景。

这个曾经在京都的岛原做过妓女的女人，一定是长年累月地在花柳界里含辛茹苦。喜助虽然不曾近过女色，但也听人讲过岛原妓院的事。即使不说岛原，越前也有不少妓院。据说沿着武生市的那条河，在弁天町和鲭江，还专为军人设了妓院。无论哪一家，都围着有颜色的玻璃窗子，被割成一小间一小间的屋子，在低低的屋檐下面，整天照不到阳光。喜助想到玉枝这样的妓女就住在其间，不免感到惊讶。

喜助刚进这幢房子里来的时候，便闻到一股女人身上的气味和石炭酸①的气味，感到胸口很不舒服。玉枝的房间里也弥漫着刺鼻的石炭酸气味。喜助觉得这气味是来自厕所，至于厕所为什么要放置石炭酸，他就不了解了。

玉枝坐在长火盆旁，总是不停地伸出双手烤火，还解开怀，把消瘦得看得见肋骨的胸部紧紧凑近微弱的炭火。喜助见此情景，感到自己长坐在一旁毕竟有点不像话。

"玉枝姐，我得走了。我是很想见您一面才来的，想向您表达谢意，谢谢您特意到我家来上坟。下葬那天，好多人都到广濑村的瑞泉寺去了，但是墓筑成后，就谁都不来了。自从迁墓于竹丛后，连村里人都没来过一个。而不辞辛劳、

---

① 石炭酸：又称苯酚，有毒，常用作防腐剂、消毒剂。

远途赶来给我父亲上坟的人,只有您玉枝姐。父亲泉下有知,一定会感到欣慰的。"

喜助说过这话后,站起身来。

"喜助哥,"这时,玉枝忽然两眼炯炯有神地问道,"您父亲是埋在那座坟里吗?"

喜助听玉枝这么发问,吃了一惊。他觉得玉枝真是提了一个怪问题,所以马上回答:"是把棺材从瑞泉寺的墓地起出,原封不动地移入现在的墓地。父亲现正安眠在长有矢竹和淡竹的山坡上,那块地方能经常沐浴到太阳光呢。"

喜助说过之后,起步向门口走去,临别时又说:

"玉枝姐,有时间的话,欢迎您再到竹神村来给我父亲扫墓。我到福井做买卖的话,也一定请准许我上您这儿弯一弯。"

喜助说到"请准许我上您这儿弯一弯"时,立刻把话打住,不往下说了。他心里在嘀咕:这"观花院"是个妓院,不是可以随便来的地方呢。

喜助往外走,一路上又与别的妓女擦身而过。来到铺水泥的土间时回首望去,只见玉枝正穿过三个身穿华丽和服的年轻妓女走过来，一边走一边彬彬有礼地点头致意。

喜助觉得很懊恼——自己为什么不在玉枝的房间里再多待一段时间！

四

喜助回到竹神村后，一再玩味遇到了玉枝的喜悦心情。玉枝睡觉的那间光线微弱的房间、日常用品以及"观花院"内的情况，这些当然印象很深，就连进出时擦肩而过的妓女们的面容、姿态，无论如何细微的东西，都无一遗漏地铭刻在喜助的脑子里了。其中最令人难以忘怀的，就是玉枝房里的竹偶。

喜助生来第一次看到竹制玩偶，而且听说这竹偶是出自父亲喜左卫门之手，尤其令他感到吃惊。

父亲巧用竹皮上的斑纹来做花魁和服上的条纹，把生在幼竹芯上的嫩皮弄成纤毛状，束为头发；手、脚、脸全用木贼①打磨过，焕发出一种滑溜的竹子光泽；花魁穿的三齿木屐等处也仔仔细细地上了漆。喜助觉得，这竹偶，岂止是

---

① 木贼：一种常绿多年生羊齿草，高约 1 米。草茎中空多节，以温水煮后，可用来擦磨木质、骨质、角质的器具。

工艺精细绝伦，一定是父亲呕心沥血制成的，倾注了父亲的精魂！

父亲喜左卫门确实是个做事认真专心的人。那年，越前的松本家的菩提寺——大安寺的住持杉田承仙特意来信定做一只茶筅。喜左卫门见信后高兴非凡，但没有立即着手，因为他认为用手头现有的煤竹来做真是煞风景。在住持再次催促之下，喜左卫门总算在半年后完成了任务。第二年，喜左卫门就去世了。当时，喜助在一旁很是替父亲捏一把汗呢。可是父亲一旦取得了材料进入作坊后，便手握小刀，把一切都置于脑后了。

喜助想，或许可以肯定，这只竹偶也是父亲如此这般灌注了心血做成的，不过父亲之所以如此殚精竭虑，一定是喜欢玉枝的缘故。

这一点在玉枝的脸上也有所流露。喜助敏锐地发觉，玉枝讲起竹偶的事时，她苍白色的脸颊上有红晕掠过。

"玉枝究竟多大了！"

玉枝有没有三十一二岁呢？父亲是六十八岁去世的，既然十年前就给玉枝送了那只竹偶，可见他俩交往了十年，这说明父亲相当偏爱年轻的妓女。喜助回忆起父亲晚年骨瘦如柴、细弱得像只乌鸦似的样子，心里感到不可思议：父亲那瘦弱身躯里的什么地方竟还能藏得下如此旺盛的精力！

喜助脑子里净想着玉枝的事情，手上则卖劲地从事竹工艺品的生产。做出一部分竹工艺品后，不等批发店来取货，喜助就把竹工艺品放进篮筐里，一大早背着它翻山上路了。他从邻居与兵卫家和附近的农家那里张罗了一些糕、豆之类做伴手礼，向芦原温泉的三丁镇进发。不过，喜助却是鼓起勇气跨进"观花院"的。

喜助第二次造访玉枝时，玉枝的病情有显著好转，前后判若两人。也许可以说，玉枝是因为喜助上次来过之后，才恢复得这么好的，人也胖了好多。连玉枝自己都这么说：

"喜助哥来过之后，我的病就好起来了，也能够起床了。瞧，最近竟这么胖了。"

玉枝卷起袖子，露出雪白的上臂给他看。静脉虽有显露，但看上去有生气了，看来多少恢复了一些去年来上坟时的元气了。喜助把伴手礼留下后就离开玉枝的屋子，匆匆地回家了。

喜助想到自己不是玉枝的一般来客，感到沾沾自喜；但同时，他又抱有一种自己当不成妓楼嫖客的自卑感。喜助就是带着这两种感情走出了"观花院"的。其时，与玉枝共事的那些妓女们便肆无忌惮地打量着喜助那孩童一般的矮小身材，谁的眼里都流露出轻度的蔑视。不过喜助对他人投来的这种目光已经习以为常了。

喜助觉得，只要玉枝不用那种眼光看自己，就很高兴了。事实上，玉枝的眼睛里确确实实没有丝毫嫌恶喜助的神情，她简直是把喜助当作亲兄弟一样迎进门来的。

喜助第三次来到"观花院"的时候，意料之中的事终于发生了。喜助的预感已成现实：玉枝的身体一旦复原，就必须接客了。有病在身的时候，老板可以同意不接客，但是既然已经把身子卖给了"观花院"，一恢复健康，就必须得干活。

喜助走进土间的时候，已经认识他的妓女便非常不客气地说：

"玉枝姐在接客呢！"

有那么一瞬间，喜助为玉枝已经健康得能够接客而感到高兴，但转而又担心得不得了：玉枝尚未完全恢复，勉强接客的话，病不是更要加重了吗？紧接着，这种不安心理又变成了对玉枝的强烈厌恶，折磨着喜助：玉枝竟将身子献给一个素不相识的陌路人！

喜助向那位妓女点头致谢后，离开了"观花院"，在三丁镇的大路上彷徨了一个小时左右，然后又回到"观花院"门前。这时，正好遇上玉枝在送客，这嫖客有三十五六岁的样子，像是个工人，戴一顶肮脏的鸭舌帽，歪着被太阳晒过的浅黑色面孔，连走带跑地从喜助面前过去了。

喜助看到玉枝正在向男子跑去的方向挥手，玉枝却没有注意到喜助立在一旁。

"玉枝姐。"

喜助见玉枝要进入土间了，便奔上来打招呼。玉枝回过头来，一脸的吃惊。

"什么时候来的呀？"

"先前就来了。说有客人，我就在路上溜达了一阵子。身体可全好了？"

喜助说着便把带来的糕点包递上去。玉枝显得很感激地收下了。

"你看我这么胖，病是完全好了。这都是托喜助哥的福呀，"又问道，"不进屋去坐一会儿吗？"

玉枝说话时牵动着浅灰色的黑眼圈，此时，她的眼神是妩媚多情的。

"不了，今天就先回去了，"喜助回答过之后，又说道，"我也要做一只竹偶，而且不比父亲的那只逊色，做好后，玉枝姐，请你过目。"

玉枝看到，这时候喜助的眼里闪过异样的光芒。

"做一只不比父亲逊色的竹偶……喔，喜助哥会赢的，"玉枝说着，露齿笑了，两眼笑成了一条线，"你父亲说过，他是不及你喜助哥的哪。"

喜助想，难道父亲来"观花院"时称赞过自己的手艺？一时间，喜助感到不好意思了。

"那么，今天我这就回去了，做好竹偶后再来。"

喜助说完便转身往回走，他感到好像有一个什么硬块堵在胸口，上下不得。

玉枝轻轻地点了点头，有阴影的眼睛湿润了，她说："做成出色的竹偶一定得带来哪。"

喜助回竹神村后，脸上的表情还是郁郁不乐，这是因为只要一联想到玉枝接客的样子，他就无法忍受。

喜助的脑海里浮现出玉枝苍白的脸孔，他觉得玉枝很可怜——她把没有活力的身体送到毫不相识的男人面前。

喜助走进作坊，哐啷一声，使劲关上了门，然后坐到父亲生前坐得凹进去了的坐垫上，专心致志地动起小刀来。喜助觉得好像是在用刀削玉枝的身体，他想要做的，不是一只花魁竹偶，而是玉枝的身影——来上坟时披着斗篷、身穿劳动裙裤的玉枝。

五

竹偶的躯体由一剖为二的粗苦竹做成。稍稍分开的腿用矢竹做，无需剖削。用有斑纹的竹皮做裙裤。为了让裙裤的腰部和下摆得以收拢，喜助先把竹皮浸泡在水中，使竹皮变柔软，然后巧妙地做出了衣褶子，达到收拢的目的。和服当然也是用竹皮做的。竹皮本身有各种斑纹,喜助就选择一些适合做和服花样的竹皮,仔细地"穿"在竹偶身上。领子与和服外褂的细带子也用竹皮做。毛坯制成后,喜助便进行涂料作业。所谓涂料,就是涂漆,不过喜助是采用一种叫做"涂黑漆①"的工艺。从前,喜助的父亲喜左卫门就是采用此法来制作若狭漆器②中的筷笼、牙签盒这一类东西的。这是一种给漆器上光的最佳办法:涂上一层漆后,用炭和鹿角粉③来打磨。

然而喜助不能每天光扑在制作竹偶上面,因为他已接下福井和武生等地批发店的紧急订货,必须得做一些鸟笼、团扇之类的竹工艺品,所以,他只能利用间隙时间来把心血倾注在竹偶的制作上。

五月初,山脚的榉树梢头绽出了嫩绿的新芽,喜助那一尺左右高的竹偶也将大功告成。

---

① 涂黑漆:漆器加工工艺之一,涂上黑漆,干燥后磨出光泽。
② 若狭漆器:日本福井县小滨地区出产的漆器,始于江户初期。将彩漆涂成乱云状,贴上金银箔,涂上透漆研磨而成。
③ 鹿角粉:焚烧鹿角等动物角制成粉,以之打磨漆面,能产生光泽。

一天，喜助正关在那间小屋里专心致志地挂弦牵锯，耳中依稀听得有人来访的声音。

"有人吗？"

喜助觉得这不是村里女子的声音，而仿佛是玉枝的嗓音。霎时间，他的心怦怦直跳。

喜助掸了掸膝盖处的尘土，赶忙起身去开门。门一开，正是玉枝站在门口。

"你好。"

玉枝说。她嫣然露齿一笑，低头行礼致意。喜助却一句话也讲不出来，喉咙像是堵住了。

"天气真好。我今天休息，所以想再到坟上看看，来打扰你了。"玉枝说。

喜助见发暗的作坊被玉枝探看了，心里感到忐忑不安，生怕她注意到窗下那只即将完成的裙裤装竹偶。因为喜助觉得，最好让玉枝观看已完成的竹偶，于是他马上请玉枝上正屋去坐。

"这里很脏，请上那边休息一会儿吧。"

喜助心里明白，玉枝这次的到来同她第一次来竹神村时有所不同——走路的样子、举止,都带上了一些和喜助亲近的味道。不过大病初愈这一点是瞒不了人的,她的脸色、吐词都显得衰弱无力。

进入正屋的会客室,喜助打开外廊的门,点着了佛坛前的明灯。玉枝面向发黑的旧佛坛,闭上眼睛,两手合十,过了一会儿才问道:

"喜助哥,这一边的牌位是你母亲的?"

在喜助父亲的牌位旁边,竖着一块低一些的涂黑漆的牌位,上面刻着几个金字——"芳香春园大姐"。

"哎,是的,是我母亲。"

听喜助这么回答,玉枝的语气变得低沉了:"你还记得这位母亲的面容吗?"

"不记得了。我才三岁她就死了,所以,无论怎么闭上眼也回忆不出来。"

"哦,是这样啊。"

"听说她是在挑肥料去给竹丛施肥的时候,咕咚摔了一跤,心麻痹而死。她一直到死都是和父亲在一起围着竹子转。据说父亲是致力于伐取培育的竹子,从事竹工艺生产;

母亲则是竭尽全力地每天给竹丛锄草，拣竹皮，整理落枝，辟造竹丛。我家周围的竹丛要比别人家的竹丛长得都好，这完全是母亲精心照料的结果。"

"真是一位好母亲。"

玉枝离开佛坛步至外廊，不胜羡慕地说。她倾听着矢竹丛里竹叶的沙沙声，沉默了好一会儿。

喜助在一旁看着玉枝的侧脸，这时，他的脑海里竟莫名其妙地浮现出玉枝回芦原后接客的样子。

"玉枝姐，你的母亲现在在哪里？"喜助问。

"我的吗？"听见喜助发问，玉枝并不回过头来，而是保持原来的姿势回答道，"住在伏见①的中书岛，早已过世了。"

"父亲呢？"

"不知道。"玉枝回答得很干脆。

喜助听出玉枝的话音里透着明显的绝望感，便又问道："不知道……是去世了吗？"

---

① 伏见：日本京都市南部的地区名。

"听说是死了。这么说好像有点儿信口开河的样子，不过我确实不知道父亲长什么模样，因为我是在中书岛的母亲身边长大的……"

喜助想到这个女子竟和自己一样，也是由双亲中的一位抚养大的，心里就更怜悯玉枝，一种亲切感从心底涌起。喜助鼓起勇气问道：

"玉枝姐打算一直在芦原的三丁镇为生吗？"

"……"

刹那间，玉枝睁大了眼睛瞅着喜助，但随即低下头说："要是有人娶我的话，我也想洗手不干了。不过，还没有这样的人哪，因为我们这号人已经掉进火坑了，被人当作玩物消遣，没有哪一个男人肯娶我们的。没有父亲的女子……喜助哥，今后的生活道路可以预料得到的。"

玉枝答话的声音又是绝望的。

"不过，玉枝姐，你一直在'观花院'待下去的话，会把身子搞垮的哪。"

"是的，这一点我很清楚。"玉枝说。

"那你为什么要从京都的岛原到这边来呢？"

喜助平时在作坊干活时，常想着玉枝的事，心里存有不少打算问问清楚的疑问，今天就顺势逐个儿地发问了。

"发生了一些事，就到此地来了。"玉枝回答。

"京都要比芦原好呀。"

"芦原也不错嘛。"

"说真的，玉枝姐，我父亲最初是在哪里同你相会的？我是说十年前……"

"……"玉枝沉默了好一会儿，然后回答说，"在芦原，是我从岛原来到此地的第十天左右。那时还没有什么'观花院'，而有一家叫'松井'的窑子，还经营旅店。我就在旅店当女仆，没有干现在这种勾当。"

喜助听玉枝这么说，心想：这倒是新情况。玉枝脱离岛原的娼妓群而到芦原来，这说明她曾经试图从良。然而事隔不久，玉枝跳进"观花院"，又重操往日的卖笑业——可以这么认为。当然，窑子和妓院本没有什么不同。不过，原来在京都岛原过日子的玉枝，却一定要来冰天雪地的北陆[①]陷

---

① 北陆：即北陆道，日本旧时的行政区，包括今日的新潟、富山、石川、福井各县。越前即属北陆道。

身，这恐怕不光是因为中书岛的母亲死了的缘故，一定另有隐情。

玉枝对这段隐情好像难以启齿，一脸为难的神色令喜助不忍卒睹，也就没有再问下去。

玉枝喝过喜助端来的茶，从正屋出来，钻过矢竹丛，往山丘上的喜左卫门墓走去。

这次和冬天不同，墓的周围暖洋洋的。墓石前的插花筒已换成青竹做的了，这是因为喜助每次伐完竹便要换上一个插花筒的缘故。眼下这只青竹筒里正插着火红的重瓣山茶花。

"多美的花哪！这样的山茶花是从哪里摘过来的呀？"

"父亲喜欢这花。在竹丛尽头零星地种了四五株，我想移植到墓边来。这花的开放还分大年、小年，今年，每一株都开着硕大的花朵。"

喜助这么说着，看着玉枝点燃成束的线香，看着她把香插在坟墓石基上凿出的一个洞里，接着把山茶花的叶子撒在一只盛有水的碗里，然后反复掬水洒到墓碑上。

"南无阿弥陀佛，南无阿弥陀佛，南无阿弥陀佛。"

玉枝始终这么念念有词，好像她如此一念，喜左卫门便会在九泉笑起来似的。

玉枝离开墓地之前对喜助说："下次，我来同你一起将你父亲喜爱的山茶树移植到墓边来，可以吗？"

喜助很高兴。移植山茶树得选在出梅时节。

"出梅时节方可移植，届时，请玉枝姐再来一次，行吗？"

"一定来。"

喜助心想，在此之前，要将那只竹偶做好，到时候叫玉枝大吃一惊。

玉枝回家的时候，已近黄昏。喜助从小屋的边缘绕过，送玉枝到村口，然后一直目送玉枝的身影消失在杉树林的背后。玉枝说，到了广濑村就搭乘马车回去。

玉枝来过后的第二天，邻家的与兵卫十分难得地来作坊探望喜助。喜助把竹偶盖上包袱布遮起来后，才请与兵卫进小屋来。

"哟，干得真带劲呀！"与兵卫看着满是竹屑的作坊，用天生的焦急口气问道，"上你这儿来做客的，究竟是谁呀？"

喜助不知该如何应答，随即撒了个谎："福井来的客人，是批发店的老板娘。"

"喔！"与兵卫把眍了进去的眼睛睁得大大的，说道，"竟这么相像！喜助，那位客人同你的母亲像极了。"

喜助瞅着与兵卫的脸。

与兵卫又说了："你的母亲阿岛有着白皙的脸蛋，生就一副大耳垂，前额宽阔，长得很漂亮。她和阿岛就像是一个模子里刻出来的。"

"……"喜助答不上话来了，他想，"玉枝竟同我的母亲相像！"

对于父亲迷恋于玉枝的原因，喜助现在恍然大悟了。看来，当了鳏夫的父亲看见玉枝后，便在她身上依稀见到了喜助母亲的音容，所以他就做了一只竹偶，特地送往芦原。

"与兵卫大叔，这是真的吗？"

"性格如何，当然不敢说，但是长得如此相像，我也大为吃惊呢。我甚至怀疑她是不是阿岛重生！绝不骗你，你母亲也是皮肤白皙，长着一副大耳垂，"最后，与兵卫又补上了一句，"听说，她乘上马车，从广濑回家去了。"

六

与兵卫无意中讲出的这一番话倒成了喜助非要将玉枝迎入竹神村家中来的契机。喜助知道玉枝在芦原绝无幸福可言,所以问她想没想过从良。当时玉枝回答说,谁还会来娶她这样的女人,并且神色凄楚地说道:"我今后只有像现在这样,在'观花院'接客为生了。"喜助心想,玉枝要是能到这竹神村的家中来,该是多么高兴的事啊!自己干起活来也一定更有劲了。喜助觉得自己比世界上的任何人都更能照顾好玉枝。

喜助自信,靠着当竹工艺匠的收入,玉枝来后也完全能够吃饱肚子。父亲虽然没有留下什么遗产,但留下了呕心沥血培植的竹丛,以及那块盖有正屋和作坊的一百坪①大的地皮。竹丛里种有十几种竹子,只要把竹子植根在肥沃的土壤中,无论怎样砍伐,时节一到,自然绽出新芽。用伐来的竹子做工艺品,喜助能确保最低的生活条件。如果竹制工艺品不是指竹篮、竹篓之类的零杂东西,而是指价钱高昂的家庭

---

① 坪:日本度量衡的面积单位,用于丈量房屋和宅地面积,1坪约合3.306平方米。

用品及精雕细琢的鸟笼，那么收入还要提高好几倍。所以接下来的问题就全在于喜助本身的手艺和干劲了。就是说，只要利用父亲遗留下来的生产资料，不遗余力地干，赚钱是不成问题的。

喜助是一个人过日子，所以不需要去讲究吃的和穿的。工作服破了，依然那么穿着，实在破得厉害时，就自己动手，笨拙地缝一缝。看到喜助生活得这么不方便，村里人都说："得及早替喜助娶个媳妇才是。"按理说，嫁到喜助那里，不会有公公婆婆，是一个可以随心所欲过日子的所在，然而村里却没有一个姑娘想去攀亲。这是因为过单身日子的喜助身上总带有遗传下来的阴郁气息；再说喜助个子矮小，身体羸弱。想替喜助作伐的倒是不乏其人，但全被女方回绝了。

当事人喜助也在考虑这个问题：过了二十五岁，一定得娶个媳妇才行。然而新娘从何而来呢？心中一点底都没有。不过喜助心想：既然父亲喜左卫门能娶到长着大耳垂的美丽母亲，自己当然也一定能娶到媳妇。

自从遇上玉枝后，喜助就对玉枝着了迷，根本不再考虑其他女人了。他做过这样的梦：要是能娶上玉枝……不过，玉枝肯嫁过来吗？

喜助认为，成功和不成功都有一半的可能性。就是说，玉枝是喜欢喜助的父亲的，一个女子已经与作为父亲的喜左卫门有了肉体关系，又要与作为儿子的喜助相好，即使是娼妓，这种事也得考虑考虑吧？不过，也可能出现正好相反的情况。玉枝喜欢喜助的父亲，当然也会喜欢儿子喜助，事实已经说明，即使身材矮小，她也不在乎。玉枝对作为父亲的喜左卫门感情至深，以致不顾雪路难走，远道来竹神村上坟。她对喜助也可能怀有如此深挚的爱情。

但是，不可能性也是存在的。首先，玉枝可能讨厌这种乡村生活。喜助的房子被竹丛所围，比较昏暗，感觉上阴沉沉的；茅草葺的屋顶上生着青苔；积雪也比芦原深，是一个偏僻的寒村，看不到电影和戏；住到村里来的话，生活几乎与文化隔绝；一个在京都的岛原和芦原的青楼里生活过的女人，一个在人们面前过惯阔气日子的女人，大概一天也忍受不了的。

这么一思量，喜助认为玉枝也许会到自己家来的想法就缩回去了。

然而喜助总没有完全断念。玉枝曾说过，出梅的时候，她来帮喜助在父亲的坟头移植山茶树。不过喜助想赶在这之前诚心诚意地恳求玉枝，请她到竹神村来。

喜助实在无法排除这样的想法：玉枝既然酷似母亲，那么，无论如何，她都应该到竹神村的氏家门里来。

喜助手里编制着竹工艺品，心里昼夜都在思念着玉枝。他老是在想，见到玉枝时，该如何开口向她提那件事呢？

喜助将那件事向玉枝披露是在六月初。那天，喜助去参观在福井举办的工艺品展览会，回家时顺路到芦原弯了一下，见到了玉枝。喜助见玉枝已恢复了健康，不免有点犹豫，不知道光为了要讲的话而进屋去是否合适，于是摆出一副狎客的神气走进屋。喜助与平时迥然不同，他把矮小的身躯微微向前倾，摇头晃脑地登堂入室，脸上的神情很紧张，竟使玉枝见了不禁暗自嘀咕：喜助这是怎么啦？

进入玉枝的房间后，喜助说道："玉枝姐，你能不能到我家来呢？你要是打算上我家为我父亲守墓，我就给你准备一间屋子，替你造房子。你可以每天在那里优悠哉游哉地过日子。除了照料我的吃和穿之外，你每天都可以随心所欲地游玩。只要你来，我就会比以前更卖力地编制竹工艺品，挣钱攒钱。玉枝姐……自从见了你一面之后，我就怎么也忘不了你了，请你到竹神村的我家来吧。"

"……"

喜助的真挚情意感动了玉枝。可是，这也实在来得太突然了，所以玉枝以开玩笑的口气说道："目的是要我做喜助的媳妇啰！"说着，露出牙齿笑起来，但又立刻恢复了原来的神态，望着喜助。

"要是不愿意嫁给我，也可以不嫁的。"

喜助这么说道。然后有点气急似的喘了口气，继续说下去：

"要是继续在这种地方每天接那么些客，最后你的身体准会得病，非死不可。与其这样，还是来我家好。到我家来做我的母亲吧，玉枝姐。"

喜助说着斗胆将炯炯的目光笔直向玉枝射去，玉枝满脸通红，避开了他的目光。

"喜助哥,谢谢你能对我说这样的话。不过我没法马上回答你。喜助哥,我很喜欢你,你很像你父亲,也是一个真正的竹工艺家。我很喜爱你这一点,不过,无论怎么喜爱,要我去竹神村蒙受你的照料,这……我怕村里人说闲话。"

"村里人怎么说都不必理会,"喜助将膝盖朝前移移①,又说道,"村里的人都是外人,他们都在肚里叫我傻子;我哪,老实说,在这些人中间,没有一个知心朋友。玉枝姐,自从见到你以后,我就喜爱上你了,那是一种喜爱母亲似的感情。我没有领略过母亲怀抱的温暖,你要是到我家来,我就会觉得活在世上是多么有意思了。一看见你的脸,我那冷漠的心便暖和起来。玉枝姐……"

大颗的泪珠从喜助的眼眶里一滴滴地向下掉。玉枝说:

"我明白。能听到喜助哥对我讲这样的话,我很高兴。我和喜助哥一样,也感到很孤独。我也从来没把孤独的喜助哥当外人。你父亲在世的时候,在你还只有十岁、十一岁的时候,我是多么想做你的母亲哪!但是,你父亲为你着想,

---

① 日本人的坐法,同我国古时候很相像,一般是跪着,双膝触地,臀部坐在脚上。

不让我住进竹神村的你家里。"

"为我着想……"

"是的,是你父亲说的。他说,村里人说些什么,他是毫不在乎的,唯有对喜助……"

"为了我吗?"喜助为父亲的过分谨慎而感到生气,"父亲真傻,傻子父亲!"

喜助说着攥紧了拳头,凝视着玉枝。为了平息喜助激越起来的感情,玉枝说道:

"喜助哥,我会好好考虑的。你说在'出梅'的时候要移植山茶树,届时我一定考虑好,到竹神村来给你回音。我尚有许多事非处理不可,即使要到你那里去,也不能像小鸟一样一飞了之哪。"

喜助点点头,并叮问道:"这个月月底前后,就要移植山茶树,你到那时候给我回音啰,说定了?"

玉枝深深地点点头。她的脸被泪水浸湿了。这时喜助感到希望涌上了心头。

"那么我回去了,我等玉枝姐光临。"

喜助站了起来,留下茫然若失的玉枝,急匆匆地离开

"观花院"。他心里想:"这黄梅季节怎么不快点儿过去呢?出梅的日子到来的话,就能移植山茶树了……"

喜助了解越前这一带地区的风俗习惯,知道植树得选在出梅的时候进行。梅雨季节水气过多,树根会腐烂。移植树木的好时期当是土质柔软、日照比较好的六月末七月初。喜助的脑海里映现着种在竹丛边的重瓣山茶树,举足离开了妓院鳞次栉比的街市,乘上去福井的马车。

喜助一回家,马上进入作坊,拿起那只未完成的竹偶,继续干起活来。他想:无论如何得赶在玉枝到来之前完成。

七月一日那天,喜助把山茶树从竹丛边移植到山丘上的喜左卫门墓前。喜助是一心等待着玉枝的到来,但是等到六月底,玉枝还没来。一旦黄梅时节过去,太阳直射地面,土质就将一天硬似一天。喜助怕错过移植的好时节,便独自一人进行移植。在重瓣山茶树发黑的重重枯叶中,茶褐色的硕大果实正长在花朵落去之后的花蒂上。为了不让根部的土掉落,喜助起出树后,矮小的身躯便往山丘赶,花了不少时间把树运到墓地。

墓碑的一左一右移植上山茶树后,喜左卫门的墓顿时美得多了。

"这样一来，父亲就可以欣赏生前喜爱的花了……"喜助在心中这样想着，他对了却了这件好事感到欣慰。不过玉枝没有来，这真是太遗憾了。

喜助想，莫非玉枝又病了？黄梅时节和植物萌芽的阶段是肺部患病的病人特别要严加注意的时节。喜助很是担忧。

然而，喜助得去照料溪下的水田了。他要忙于给水田除草、施肥。连竹工艺品也搁下不做了，所以没有什么事要上芦原去。

庄稼活把喜助累坏了，他每天夜里把身子往正屋的床铺上一倒，也顾不得把一身臭汗擦一擦，就睡得同死去一样。

"移植山茶树的时候，我一定给你回音，请你等到那一天……"玉枝说的这些话，一直留在喜助的脑子里。喜助睡着后也会梦见玉枝的面容。

"不嫁给我也可以，做我的母亲就行，请你务必到竹神村的我家来，照料照料我……"喜助在睡梦中大叫起来。他那孤独的魂魄总在如饥似渴地向玉枝呼救。

到了七月五日，喜助停下庄稼活，进入作坊，又一心投入到竹工艺品编制上了。过了中午时分，邻居与兵卫出现在敞开的房门前，他裹头巾包住双颊，满脸脏污。

"喜助哪！"与兵卫对喜助说，"我刚才是在大杉树下首的秧田里，我看到一个乘车的客人在往这儿来。那位客人大概是上你家来的？"

喜助吃惊不小，看着与兵卫的脸，大声问道："真的？"

"你心中该有数了吧。看来她带着许多行李，把马车装得满满的。这是来干什么呀？"

"新娘子呀！"

喜助的叫声还没止，人已经从小屋里奔出去了。他想，来客准是玉枝无疑。

"玉枝姐来了，是玉枝姐来了哪……"喜助的心里在呼喊。

喜助甩下发愣的与兵卫，直奔门外，然后转到小屋背后。从这里本可以望见长有大杉树的山边，但是现在和冬季不一样，长满树叶的众树木挡住了视线，连那边的地面都看不到。

喜助登上可以望见大杉树下首的山丘，脚下就是移植了山茶树后的墓地。他引颈探身，才终于望见夹在矢竹丛和孟宗竹丛之间的那条呈白色的道路，一辆马车正顺着这条路往村里慢慢驶来。马车上乘着一位穿红色和服的女子。马的身后有一个裹着头巾的男子，蜷缩着肩膀，呆呆地一动不动。

"玉枝姐乘坐广濑村的马车来了……"喜助心里想。

喜助的双眼一直盯着马车，车上确实是玉枝。在堆着桐木橱柜和梳妆台的行李中，玉枝铺了一只坐垫，并支起一条腿，坐在上面抽香烟。

"是玉枝姐！玉枝姐来了……"喜助喊道，把前额在喜左卫门的墓碑上直蹭。接着，他一溜烟地跑下山丘。

大正十二年七月五日，一个夏日，三十二岁的折原玉枝为了嫁给氏家喜助，到竹神村的氏家门里来了。这一年，喜助二十二岁。

七

折原玉枝和氏家喜助的这种结婚方式，可以说是竹神村不曾有过的。他俩没有媒人作伐，无非是玉枝带着行李一下子飞到过着单身生活的喜助身边而已。

玉枝让马车在村口停下，让车夫拿着行李，来到喜助家的正屋前。这时，喜助好像停止了呼吸。只要望一眼行李就可以明白，玉枝这回来，肯定是下决心永远住下来了。

看见喜助站在那里发愣，玉枝说："喜助哥，我决定过来了。"

然后，玉枝像询问似的说道："你不是说要留我住下来吗？"

喜助瞪大着眍了进去的眼睛，朝上望着玉枝绯红的脸。

"喔，快进屋里坐。我等了你好久啦。"喜助的声音都变样了。

"你说六月里会来，我就等你来移植山茶树。不料一走之后杳无音信，我想，你果然是敷衍着骗骗我的，于是就独自一人把山茶树移植到父亲的墓边了。"喜助说。

"是吗？"玉枝说。她见喜助虽然带着点责问的口气，但眼睛里满是喜悦，所以眯缝着眼，望着喜助说道："那么，唔，请领我到你父亲的坟上去一下，我到这里来了，这事非得去告诉他才行。我们一起去。"

车夫搬完了行李后，玉枝用半纸①包了些钱递给车夫，

---

① 半纸：一种普通的日本纸，规格为纵24—26厘米、横32—35厘米。

然后性急慌忙地穿过屋后的竹丛，径直朝喜左卫门的墓走去。

花岗岩的墓碑悄然立在竹丛间。左右间隔约半间①的距离各种着一株山茶树，树枝上是层层颜色发黑的树叶，根部还高高地隆起着新土，散发出红土的气味。枝条杂乱的山茶树的投影像在坟头勾勒出一条界线，好歹渲染出了竹工艺匠喜左卫门坟墓的形状。面对此情此景，玉枝喟然长叹：

"多美的墓景啊，扫得干干净净的。"

玉枝说着，两手合十，闭上眼睛，口中念念有词："南无阿弥陀佛，南无阿弥陀佛。"玉枝闭着眼睛，低下头，过了一会儿，对着墓碑喃喃而语：

"父亲，我到底离开芦原的'观花院'，洗手不干了。我到喜助哥身边来了，您高兴吗？我当了喜助的媳妇，您高兴吗？我来给您守墓来了……您高兴吗？父亲，您能原谅我吗？"

玉枝的两颊开始淌下亮晶晶的泪水，她盯住墓碑看了一

---

① 间：日本长度单位，一间约合 1.818 米。

阵，像是在对活着时的喜左卫门讲话似的说起话来。回头看到喜助站在身后定睛注视着自己，便说道：

"给你添麻烦了，喜助哥。你要是厌烦我了，我随时都可以离开这里的。"

喜助高兴得胸口怦怦直跳。为了抹去玉枝这种带有顾虑的说法，他神情焦急地说："玉枝姐，那边的山茶树是重瓣的，这边的是白山茶树。"

喜助指着两株山茶树，向玉枝作着介绍。

"白山茶树……是开白花的吗？"

"开白花，开大朵的白花。我想坟前的花应该是白色的最适宜，就一个人将它们移植过来了。不过，这不到明年春天是无法见分晓的。届时一定会满树盛开。我清楚地记得，我小时候曾把白花和红花相间着串在一起，做成项链玩，那些花也都是山茶花。因为父亲喜欢后面竹丛边上的山茶花，我就在左边种上开白花的山茶树，与右边的并肩而立。"

"哎——"玉枝听着喜助的话，频频点头，透亮明澈的眼睛看着山茶树。树上，不论是今年的新叶子还是去年的旧叶子，都是一样的深颜色，就像溶化了的墨绿色的漆。新旧叶子像鱼鳞似的叠盖着。山茶树的倩影落在墓碑的周围，使人产生一种幻觉——仿佛喜左卫门选择了一处阴凉的地方，正坐着呢。说起来，喜助那潮湿的正屋及作坊里，没有一块像这墓地般如此干燥的地方。

玉枝在喜左卫门的墓前又伫立了一会儿，然后才回到正屋。

"对玉枝姐来说，还是里面的堆房合适。听说那里曾是我母亲居住的地方，就请玉枝姐住那里吧。"喜助说。

玉枝打开把起居间隔出来的房间的门。喜助所谓的堆房，乃是一间细长的五铺席大的房间。玉枝往里张望了一眼，只见屋里铺着像是松木的新地板，墙壁上新糊着白色的墙纸，可见喜助是准备好了房间等玉枝来住的。

玉枝便把衣橱、被子、信玄手提袋①、包袱等行李搬进了这间屋子。玉枝打开拉窗，眼前是一个种有两株杜鹃花的院子；假山的那一面，苦竹的竹叶在摇曳。

"好极了，这地方真好。喜助哥住哪里？"

---

① 信玄手提袋：日本一种手提包的样式，袋底放一块平板，袋口穿绳拉紧，明治中期开始流行。因武田信玄曾用来装饭盒，故名。

"我住哪里都行。还有父亲生前睡的卧室呢。"喜助回答。

接着，玉枝就在这间堆房里坐下，整理起东西来。喜助在门口看得出了神。

她的脸真白。圆圆的脸上长着高而挺的鼻梁。这张脸就是与兵卫所说的酷似母亲的脸。这张脸此刻正不时地左顾右盼，一心一意收拾着自己的房间。喜助直愣愣地站在那里，热泪盈眶。

到了傍晚，玉枝的东西已经整齐美观地在堆房的两壁排列好了。过了一会儿，玉枝从房内出来，走到正屋那微微发暗的灶边，生起炉火煮饭。她到竹丛那一边的菜地里摘了些菜叶子回来，放在汤里，做成了下饭的菜。喜助和玉枝一起吃完了饭，马上又钻进作坊去工作了。

夜晚，新月升上了竹神村所在的溪谷上空，那仿佛一把展开的扇子的夜空。喜助久久不见离开作坊，屋内传出转动镟具的声音。九点钟过后，玉枝穿了木屐去独立于正屋外的作坊探视，只见喜助正在灯下专心致志地转动镟具做鸟笼。玉枝来到他身旁，对他说：

"喜助哥，还不休息吗？"

"……"

在那一瞬间，喜助把火热的双眼投向玉枝，但马上又低下头去。

"哎，活儿就干到这里，去正屋睡觉吧。"玉枝说。

喜助低着头，回答说："玉枝姐，你先去睡吧。我才干上手，还得干一阵，完了就去睡。"

玉枝看着喜助的侧脸，觉得他可能是有点儿不好意思。她看了一会儿并排挂在墙上的小刀、钢丝锯弓、剖竹刀、拉锯等工具，便独自回正屋去了。

玉枝进入那间堆房，铺上自己带来的那条红底上有菊花图案的粗绸被子，睡下了。但是她睡不着——两耳不闻喜助的脚步声，只听见镟具的转动声一刻不停。

玉枝从武生市乘上马车，长途行车才到达了竹神村，很疲劳，所以过不了多久，便进入了梦乡。

孤衾独眠到清晨，这便是自认为已嫁给喜助的折原玉枝度过的第一夜。

氏家喜助也许对玉枝抱有一种敬慕之情，可以说，这种敬慕就是对不曾见过面的母亲的恋情，是一种纯洁的依恋之情。

喜助在芦原的"观花院"深处那间发暗的房内，在向玉枝表明心迹的时候，曾对她说过这样的话：

"在这种地方为生，病要越来越重的，身子也要瘦弱下去。要是玉枝姐肯嫁到我家来，我一定好好地照顾你。我家中就我一个人。再增加你这样一个人，随便怎么样也不会叫你挨饿的。要是可行，请嫁到我家来吧，我很喜欢你……"

喜助说这话的时候也还没有拥抱过玉枝。当时，喜助的脑子里潜在着一种想法：玉枝的病刚好。看到玉枝接客后那粉白的颈部呈现出来的难以言传的病态，喜助实在不忍卒睹。

然而，玉枝带着行李来到竹神村的喜助家中，第一夜喜助就没进入玉枝的卧室。

玉枝感到不可思议：喜助用那么热烈的口气要求她嫁过来，现在真的嫁过来了，到了晚上，喜助竟理也不理！难道喜助不愿意拥抱我这新娘？玉枝在来到竹神村的第五天晚上，实在忍不住了，她看到喜助同往常一样，吃完晚饭又要往作坊去的时候，便加快步子赶了上去，说：

"喜助哥，大概是因为我自己送上门来，你心中感到为难了，对吗？"

喜助屏息不动了，简直是蜷缩起身子，藏起了脑袋。玉枝来此地后第一次看到喜助表现出这种样子。玉枝越靠近，喜助的肩膀耸得越厉害，头垂得越低。

"你是讨厌我了，对吗？"

"……"

喜助放下正要套入竹钻拉绳的手，仿佛一下子鼓起了勇气，抬眼望着玉枝，说：

"你错了，玉枝姐，我是很喜欢你的，哪里来的什么讨厌不讨厌！自从听说你的相貌同我母亲长得一模一样以后，我就对你格外爱慕了。我记不得母亲的模样，所以每当看到你的脸，就感到是和母亲见面了。所以我什么顾虑都没有。你来我家，我真是高兴极了，干起活来也特别有劲，竹偶啦，鸟笼啦，做起来顺手极了。玉枝姐，就请你多担待一些，一直在这里住下去吧。别讨厌我，玉枝姐。"

喜助的眼神就像一个恋慕母亲的孩子一般飞进了玉枝的视线。这眼神令玉枝的脸色显得沮丧，她说：

"不过，喜助哥，我是嫁给你才来这儿的，不是来做你母亲的呀。"

"我明白，我很明白。你就再稍稍疏远我一点吧。请你不要把我放在心上，你住在正屋，爱怎么过就怎么过。只要看见你，比如说你在屋子周围打扫，在屋前散步，我就很高兴。这样，我也有了生活的乐趣。玉枝姐，就像现在这样一直在我家住下去吧。"

喜助苦苦哀求着，嘴唇都在发抖了。玉枝感到有一股冲动，她真想紧紧拥抱喜助，但是忍住了。玉枝说：

"这样也行，我就替代你的母亲吧。能够做你的母亲，我也很欣慰。不过玉枝我实在感到孤寂哪。本以为来做喜助哥的媳妇的……我独自睡在那间隔出来的堆房里，真是寂寞。我只要求从今晚开始，我们能睡在一起。"

"……"

喜助把火热的眼神盯着玉枝，缄口无言。过了一会儿，喜助深深地点点头，说道：

"光是睡睡的话，那就一起睡吧。"

"真的？那你同意了？"

玉枝说着，双眼眯成了一条缝，然后问道：

"干完了活儿就来吗？"

"一定来。"

喜助回答，然后躲开玉枝的视线，又去干他的竹工艺活儿了。玉枝带着恋恋不舍的神态回到正屋，独自进入卧室。当喜助打开作坊门弄出声响，接着轻手轻脚进入隔出来的那间堆房时，已经过了十一点钟了。玉枝始终没有睡着过，她睁着眼躺在被窝里，这时便看着喜助穿了一件衬衣，将矮小的身躯钻进了她身旁的被子里。喜助同平时一样，一躺下便发出轻轻的打鼾声。玉枝借着射入房中的月光，看着睡在旁边的大脑袋的矮男人，他既像孩子又像大人。此时此刻，浮现在玉枝脑海里的是死去的喜左卫门，喜助睡着时的面容酷肖喜左卫门。

"喜助哥！"

玉枝边翻身边呼唤道。喜助没醒。他一倒下就睡着了，这已成了习惯，以致使玉枝想起喜左卫门在房事之后也马上打鼾沉睡的情形。

玉枝感到很寂寞，但没有要离开喜助家的打算。

"这样也好。我都做了多少年的妓女了,让我这个身子不干净的妓女到一个好好的家庭里,换个身份改做母亲也无妨,就这样同喜助一起过日子……喜助是他父亲喜左卫门的儿子,说不定哪一天会睡到我的被窝里来的。我只要耐心地等着那一天的到来就行了……"

玉枝自己说服着自己,进入了梦乡。

八

邻居家的与兵卫夫妇俩当然是无须赘言的,可以说,全竹神村的十六户人家,无一例外地在用诧异的眼光打量着突然之间闯入喜助家中来的玉枝。因为作为喜助的媳妇,玉枝是长得过分漂亮了。再则,大家也注意到玉枝看上去要比喜助大七八岁呢。大家首先想要弄明白的一点,就是喜助是在哪里把玉枝物色来的。说来也巧得很,在喜左卫门死后不久,也就是墓刚修好的那个冬天,玉枝第一次来竹神村给喜左卫门上坟的时候,村里有人看到过她。当时玉枝在雪中迷了路,向此人打听过喜助家怎么走。于是他说道:

"是她来给喜助的父亲上坟时,喜助把她抓到手、弄回家中的。别看喜助这副长相,在这种事上,出手真是出奇的敏捷哪。"

话是这么说,但是对于喜助能留下一位美女在家中,无论谁都投以羡慕的目光。

"这个女人太像你的母亲了。"

上了年纪的人这么说。这话实际上的意思是:喜助迷上了这个女人,尚复何言。

没有人知晓玉枝此前住在什么地方。这本是理所当然的事,因为很少有人会像喜助那样以竹工艺匠的身份出差到武生和福井的批发店那里去。人们受到喜左卫门的指点,从事竹工艺品的生产,但是谁也没有把竹工艺作为自己的专业来对待。他们至多利用种地、烧炭的空余时间,编制一些竹篮竹筐,或者做一些竹器家具到附近的村子去兜售,没有人会积极得特地跑到镇上去接受订货。穷乡僻壤的男人们,恐怕从来不曾到芦原的妓院之类的地方去过。即使有人为了某些事顺便去芦原,进过三丁镇的妓院,也不会有人当过"观花院"里玉枝的嫖客。

村里的人每次在路上遇见喜助,都要打听玉枝的事,但是喜助觉得没有必要重新披露玉枝的来历,只说:

"通过镇上人的介绍，娶回家来了。"

喜助不再多说，便走进竹丛中去了。村里的人也只好点点头，目送喜助离去。

玉枝对这些村里人并不采取躲避的态度。在路上遇见人，玉枝总是很有礼貌地鞠躬、问好，表现得落落大方，这使村里人对她更加刮目相看。村里的妇女们平时受到太阳的照晒，脸上的皮肤基本上都泛黑色。即使姑娘当中，也没有人的皮肤像玉枝那样雪白的。玉枝的到来，就如同飞进了一只漂亮的蝴蝶，难怪谁都要对她抱着钦慕之情了。

玉枝整天待在家中，不是洗濯喜助和自己的衣物，就是做一些针黹活儿。即便不下地里卖力干农活，靠着喜助的劳动，也完全过得下去。喜助的竹工艺品在武生、福井都很有名气，批发店和小卖店总有货要订，所以，对于干活能手喜助和玉枝相结合这件事，总算是没有一个人说什么闲话。

喜助做完那对夫妇形象的竹偶时，玉枝来竹神村已有三个月了。喜助成天泡在作坊里，在制作鸟笼和茶具等订货的同时，抓紧手头的空隙时间做出了这对竹偶，可谓成绩卓著。

喜助一心打算做一只身披斗篷、第一次来竹神村时的玉枝竹偶，但就在这竹偶行将完成的时候，玉枝本人嫁了过来，于是喜助对这竹偶感到不够满意了。恋慕玉枝的情绪和对玉枝美貌的欣赏交错在一起，令喜助脑海里浮现出各种各样的玉枝形象。他把父亲所做的花魁竹偶也在脑子里试着描画，并试做了几个样子。经过几度的精益求精，总算做成了这对堪称完美的竹偶。

一尺来高的夫妇竹偶，塑造了一个老翁和一个老媪，他俩身穿能乐①舞台上常穿的宽大舞衣，全是用新竹的竹皮做的；身躯则由截成适当长短的苦竹竹筒做成。喜助把竹皮细细剖削，梳成状如笔毫的假发，装在老翁和老媪的头上。也不知喜助是在哪里学得的，他用白色的细绳束住竹制假发，向后披散着；假发染成了白色，还泛着光泽，仿佛仙女的长发似的夺人眼目。老夫妇俩的颈部围上了用竹根做的项链，脸部戴上了特意从福井的玩偶铺买来的小型能面。

---

① 能乐：日本演艺之一。演出时，演员往往戴一种叫"能面"的面具，在特设的舞台上边唱谣曲边表演，始于室町时代。

从福井市来的"岩田屋百货店"的采购主任看到陈设在作坊货架上的这对竹偶时，发出了惊叹。这个未满四十岁、身着西装的主任说：

"了不起的手艺啊！多么不凡的竹偶！可不可以放到我们办的展览会上去展出一下？"

喜助苦笑，心想：这竹偶本是为了遣兴而做的，拿到展览会那种地方去，将来产量出不来怎么办？实在是强我所难了。

"做不了许多也不要紧。光是让京都和大阪的客人们知道越前的竹工艺匠有多么精巧的手艺也行哪。这可是我们的骄傲呀。"

采购主任说过这话，便回去了。

喜助在当天吃晚饭的时候，把这事讲给玉枝听："'岩田屋'的人来对我说，想把我做的竹偶送到民间工艺品展览会上去展出，你看能拿得出去吗？"

玉枝当即回答："那好呀。就送去展出。你做的竹偶一定能得到大家的赞赏！"

"是吗？"

喜助答道，脸上露出不相信的神色。喜助早已不再像从前那样背着玉枝做竹偶了。玉枝无所事事了，就来作坊看喜助做竹偶，看到已完成的作品，玉枝总是第一个发出赞叹声。玉枝总感到把这样的竹偶埋没在竹神村实在可惜。

"父亲不是送给过我一个嘛，但是你做的竹偶比起父亲做的那只来，要强好几倍呢。拿去展出的话，一定会得到赞赏的。"

听了玉枝的这番话，喜助跃跃欲试了。

两三天之后，"岩田屋"的采购主任重又在竹神村出现，他来请喜助务必把做的竹偶送到民间工艺品展览会上去展出。这一次可不是说说就算的，他带来了正式的委托书。

喜助便把这对老夫妇竹偶委托给采购主任带去了。

大正十二年十二月一日，乡土民间工艺品展览会在福井市"岩田屋百货店"的二楼会场开幕，会上展出了氏家喜助的试验作品——竹偶，于是越前竹偶首次公开问世。

在当天的展览会会场上，展出了几十种不同类型的乡土艺术品，有漆器、陶器，还有武生市附近地区出产的刀剑等。在会场中央的玻璃橱里，展出了一对塑有老翁老媪夫妇俩形象的竹偶，人们看到这两件艺术品，无不瞠目而视。竹工艺匠巧妙地利用各种竹材，制成了这对栩栩如生的竹偶，精致异常，而且姿态之优美风雅，难以名状。经过抛光处理的竹篾，闪烁着竹子本身的光泽和斑纹，所以竹偶透出仿佛活人一般的娴静。张贴着的展品说明上，用毛笔写着如下文字，那是展览会主办单位撰写的解说：

竹偶　制作者　氏家喜助

此竹偶是采用越前特产的竹材做成的杰出工艺品，无限精巧地表现出丰润雅致的竹工艺特质。越前国在茶道昌盛的足利时代①已开始向外输出精制的竹制茶道用具，名匠谷口彦左卫门名扬全国。然而这一传统工艺久成绝响，长期以来，无人致力于竹工艺品的生产。到了明治②末年，南条郡竹神村出了个名叫氏家喜左卫

---

① 足利时代：也称室町时代，起自1336年足利尊氏在京都创立幕府，终于1573年织田信长赶走足利义昭。
② 明治时代自1868年至1911年。

门的人，他自幼爱好竹工艺，曾云游全国的竹林及相关地区，亲手在自己的居所种下了十几种竹子，心灵手巧地编制出竹工艺品，一点一点地卖到外地去。此竹偶的作者是喜左卫门的嫡子，现在继承父业，从事竹工艺这一行当，所做竹偶为本邦首创。

衣服——新竹的竹皮

身躯——苦竹

头发——矢竹皮的纤维

腰带——矢竹皮

项链——紫竹根

备注：青竹是天然的竹子，耐久力不强，在日光的直接照射下容易褪色，故须在青竹上涂一层稀释过的明胶，使竹子得以长时期保持不变。竹皮须置于浓碱液中才可染色。

福井县知事①**池田嘉七视察了这个民间工艺品展览会，**

---

① 知事：日本都、道、府、县的首长都称知事。明治前期废藩置县时曾称过县令。

他是县长官称"县令"以来的第十任。知事带着秘书和随从巡视会场时，来到竹偶前驻足不动了，他默默地望着竹偶出了一会儿神。

"竹神村这地方在哪里呀？"知事往下读着解说文字，看来是引起他的注意了。

"从武生市进入南条山深处，有这么一个村子。"左右的人回答。

"那种地方有这些名贵的竹林吗？"

"是的。"

知事属下的官员当中，没有人见到过竹神村的竹丛，所以没有人能向县知事作详细的说明。池田嘉七看着如此精巧的竹偶惊呆了。

尾随池田嘉七的一行人中，有一个工艺美术品商人叫鲛岛市次郎，他在京都市东山区四条的一条大路上开了一爿"鲛岛平壶堂"。面对如此出色的竹偶，鲛岛也看傻了眼，他小声地问边上的一个当地人："从武生市往竹神村去，有多远？"

"唔——"被问的那个男子侧着脑袋想了想，"我想得搭公共汽车或马车吧，听说在相当深的山沟里。山里大雪覆盖，要想在当天赶到实在是有点儿够呛。"

"平壶堂"的主人把制作者氏家喜助的名字记入记事本。他想去看看喜助这个人的作坊，很想知道喜助如何能做出这样精巧的竹偶来。鲛岛与池田知事不同，他身上确实具有不露声色的商人气质。

"在东京藏前①的'天德'，也没有这样的竹偶。京都的批发店也好，大阪的批发店也好，都没有看到过这样的竹偶……"

鲛岛不禁感叹起来，久久地站在这对竹偶跟前。

鲛岛市次郎去竹神村拜访氏家喜助是在三月末，雪已开始融化，已经可以听见春天的脚步声了。南条山脉的群山顶上还积着白雪，但位于山麓的竹神村一带，一条条山襞中只有斑斑驳驳尚未完全融化的积雪，那冒着水汽融成的雪水，哗哗作响地流进了河川。

---

① 藏前：日本东京都台东区隅田川一带，江户时代建有幕府的粮仓，故名。

鲛岛从武生市坐上马车出发，带着一个五十多岁的掌柜濑下繁松同行，这个掌柜平常总跟随鲛岛左右。鲛岛经常在外出差，可以说足迹遍布全国各地。一听到有关艺术品和古董的消息，他便会一切不顾。濑下生得其貌不扬，驼背，矮个子，而主人鲛岛市次郎则是个瘦高个儿，生就一张长长的马脸。鲛岛平时总穿着黑色的厚西装，戴一副无框眼镜，无论怎么看也不像个美术行当里的商人，倒像个出洋回来的高贵人士，颇有英国绅士的风度。这主仆俩跳下马车进村时，已经接近正午了。

与村里人擦肩而过时，鲛岛便打听做竹偶的师傅氏家喜助住在哪里。那人听来客是在问做竹偶的师傅，便侧着脑袋，殷勤地指着喜助家紧挨山背后的茅草屋顶，回答鲛岛的询问。喜助家的屋顶是茅草葺的，并且已经陈旧了，屋子四周确实围种着竹子。只要看看矢竹、紫竹、苦竹、孟宗竹……只要看见摇曳生姿的竹叶，就能明白周围有好几种竹丛。没一会儿，鲛岛市次郎已带着濑下站在喜助家正屋的门前了。正屋左侧檐下的屋坡底下仿佛是作坊，作坊的屋顶是由各占一半的白铁皮和杉树皮盖成的。

眼下，吱勾吱勾转动竹钻的声音正从那小屋子里传出来。鲛岛朝正屋里喊了喊，屋里没人。他又试着连续叫喊了两三声，还是无人应声。

于是，鲛岛往发出声响的作坊走去。他从倾圮的门缝中向里探望，只见昏暗的土间里铺着席子，一个简直像小孩似的男人正躬着脊梁在不停地转动竹钻。鲛岛推开门，彬彬有礼地说：

"可以进来吗？"

小个子男人睁大了眼睛往门口瞅来。和他矮小的个子相比，他的相貌相当见老，一张不够尺寸的脸显得有点异样。鲛岛起初根本想都不曾想过，这人竟会是那对竹偶的制作者氏家喜助，所以他问道：

"请问氏家喜助先生在家吗？"

"我就是。"

这个男人的回答，使鲛岛吃了一惊。

"我是京都的'平壶堂'，在八坂①下经营美术品买卖。"

---

① 八坂：指八坂神社，是祭祖素笺鸣尊的，也叫祇园社，在京都市东山区。

"……"

"您的竹偶是非常优秀的杰作……我很想见识一下您的作坊,这次顺便来越前,便唐突跑来拜访了。"

鲛岛的谈吐彬彬有礼,而且衣冠楚楚,至此,氏家喜助脸上的表情不再是紧张的戒备状态了,他慢慢抽出套在竹钻细绳上的手,说:

"远道而来,辛苦了。说起作坊,就是眼前这个简陋的地方。那么,请上正屋休息一下吧,这里实在连个坐处都没有。"

喜助说着,便站起来往门口走去。土间里堆着剖裂过的竹材,竹刺参差;锯屑和剖削的竹屑散得满地都是。喜助坐的那只坐垫像盆底似的凹了下去。鲛岛以好奇的目光望着这番景象,但由于喜助在前面带路往正屋走去,鲛岛只好带着想再稍稍参观一下作坊的遗憾神情,尾随喜助而去。

鲛岛暗暗吃惊:怎么看也是个其貌不扬的人,四尺来高,还可能是一种畸形人。在昏暗的作坊里看到喜助后留下的印象,一直在鲛岛的脑海里打转。鲛岛发出了新的感慨:这种人的手竟能做出那样美的竹偶!

喜助先走进正屋，用嘶哑的嗓音朝堆房和外廊"哎、哎"地呼唤着谁。但是没人搭腔。鲛岛市次郎猜他一定是在招呼妻子，然而，哪里也不见有人出来。

鲛岛朝濑下丢了个眼色，他们便把带来的礼物——罐装八桥煎饼①放到门槛旁边。

九

氏家喜助让两位来客坐到地炉边，然后把那只熏黑了的烧水壶拿开，抓起一把细柴禾搁进炉里，用引火柴点上火。很快，白色的烟气向上升，随即噗噗作响，火舌蔓延开了。

鲛岛觉得，即使有明亮的火焰照耀，屋里依然是昏暗的。地炉上方垂着熏黑了的深草笠；还垂着可以升降的吊钩，吊索也完全被煤烟熏黑了；就连喜助方才放在炭灰上的烧水壶，缠了一圈藤条的把手也放射着黑色亮光。鲛岛从来没到北陆道的这种深山村屋里做过客，他大概觉得这些房屋构造本身就像古典艺术品吧，所以瞪大着眼睛在屋内扫视起来。

铺着地板的里间是空荡荡的宽大起居间，只有土间那边

---

① 八桥煎饼：日本京都市圣护院的名产茶点。

的出入口以及后门口有纸拉门，所以房屋活像收起了一半的伞，人进屋时仿佛是钻进去似的。屋内相当昏暗，几根粗木料搭出屋顶下的三角形空当，粗木料上好像堆积着几束伐下来的竹子。靠在一边的梯子上缠着粗绳子，使梯子不至于滑倒。

"屋顶下也贮存竹子吗？"鲛岛问道。喜助一言不发，他终于忍耐不住了。

"秋天伐取的竹子，要搬到屋顶下的三角形空当里去过一冬。靠着炉火的热气，竹子自然而然地被烘干，质地也变得坚固了。"

喜助回答道。看他脸上的神情，好像在思考着别的什么事，进屋以后，一直沉默寡言。在鲛岛看来，这个男人是生性如此的，于是他尽可能直率地发问了：

"您是从什么时候开始制作竹偶的？"

"哦，去年五月份我才开始试着做做看的。"

"是参考了别人所做的竹偶呢，还是您自己创作的……"

"我父亲做过竹偶。"

喜助说着，又去想什么事了。鲛岛吃惊了，本来光以为喜助的父亲是位做茶具和点心用具的工艺匠，想不到还制作玩偶！想到这里，对于住在这大而暗的茅草屋顶下的父子两代竹工艺匠，鲛岛心中涌起了更深的敬意。与此同时，鲛岛又觉得喜助之所以能做出精巧的竹偶，乃是得到父亲的遗传且发奋努力的结果。

搁在炉边的烧水壶承接了火焰的热量，水开始滚了。喜助动作娴熟地揭开壶盖，用竹制的柄勺舀起开水，注入旁边的小茶壶，茶香飘溢出来。这里没有一般的茶杯，而是孟宗竹筒截成的竹杯。喜助将这种竹杯递给鲛岛以及一声不响坐在鲛岛左侧的濑下。

"喝一点粗茶吧，请。"

喜助殷勤地敬茶。他越是亲切地接待来客，鲛岛越是感到头大个儿矮的喜助长得风貌古怪。鲛岛以前曾造访过会津[①]和能登[②]等地的漆工，也见过九州田川[③]的陶工，这

[①] 会津：日本地区名，位于福岛县西部，出产的漆器很有名。
[②] 能登：日本旧国名，位于今石川县北半部，属北陆道。
[③] 田川：日本福冈县中北部城市，曾为筑中最大煤矿城市，1969年矿井全部封井后建成工业城市。

些住在山里、忙于制作民间工艺品的人，基本上都是纯朴的好人。他们自然而然地感染上了当地的风尚，很善于接待客人。

但是，唯有喜助与众不同。相貌难看当然是一个原因。喜助身材矮小，仿佛是个畸形的人。身上的工作服好像麻布做的号衣，下身穿一条打满补丁的东西，既像普通裙裤，又像劳动裙裤。

眍进去的双眼、凸出的后脑勺、大大的耳郭、浅黑的皮肤、孩子似的小手上长着粗手指——整个人体渲染出一种异样的气氛，颇难取悦于人。

"说实在的，我在'岩田屋'的展销会场上拜见了您的那对竹偶，那真是巧夺天工！我到这里来，为的是恳请您把竹偶批售给京都的玩偶批发店，"鲛岛说出了来意后，接着说道，"我有个兄弟叫鳟二郎，在姊小路室町①的角上，开一爿玩偶批发店。您也许已经知道，京都的这家玩偶批发店的店号叫'兼德'，是一家老铺子，继承着兼田德右卫门的

---

① 室町：日本京都市中京区一带，房屋建筑和风俗习惯都带有纯粹的京都风味。

传统。它和东京的'天德'、博多①的'山田屋'一起，同是全国批售玩偶的老字号。所以务必请您让'兼德'发售越前竹偶……"

"……"

突然吹来一阵风，地炉里刚刚冒起的白色烟雾朝喜助的脸上扑来，喜助皱了皱眉头，始终一声不响地竖起耳朵倾听。

"我打算过几天让'兼德'派一个大管家来麻烦您，请您届时让他带回佳音。我到过各地的不少地区，如此精巧的竹偶却是第一次看到……啊，真叫人佩服！"

喜助的脸上泛起微笑，大概是受到京都工艺美术商的激赏而喜悦上涌的缘故吧，喜助那下眍的眼睛变得温和起来，他开口说话了，声音低沉而嘶哑：

"竹偶竟成了京都的批发店愿意批售的东西啦?！竹偶的身价会如此之高，连我自己都感到恍惚呢。我是抓着空闲时间做来遣兴的，所以听说能出售，很是吃了一惊呢。得到

---

① 博多：日本福冈市内的一个商业区，以出产玩偶和织物闻名。

了赞扬，当然很高兴，但是批发店提出要批售，产量是个棘手的问题。村里也没有干承包活儿的工匠，光我一个人干，无论如何是来不及的。"

鲛岛微笑道："好的玩偶，数量当然少。无论陶器还是漆器，名匠都不会多做。物以稀为贵嘛，喜助师傅。"

鲛岛对喜助的允诺表示感谢，低头鞠了一躬。

"如果是稍微搞点儿，请派人来就是。不过样品还没有，眼下只有那对翁媪竹偶哪。"喜助说。

"没关系。"

鲛岛市次郎觉得这次来竹神村很有收获。鲛岛知道，把这事告诉在姊小路开"兼德"的鳟二郎，鳟二郎准会感兴趣的。之前也是这样，鲛岛在出差期间偶然发现当地出产的木偶和简单质朴的玩偶时，便要在口头交涉妥当之后才回家。有些生意至今还在继续，有几个品种的批发业务还相当成功。

鲛岛已把竹杯里的茶喝完了，不便长坐下去，便要求喜助再让他们看看作坊和精心培植的竹丛。喜助当然没有理由拒绝，就带着鲛岛和濑下离开正屋，进入作坊。

"方才我是在专心制作鸟笼。"

喜助说着，把坐垫旁像小山一样高高摞起的鸟笼给客人看。鲛岛跨过地上凌乱的竹材，抓起一只鸟笼观看：等距离镶嵌在鸟笼上的竹棍，不使用竹签而削成了标准的圆形；鸟笼的无论哪个部分，均精雕细琢而成，使人感到它体现了喜助认真老实的性格。喜助接着向客人介绍了靠在墙上的制作竹工艺品的工具。

"凿子、圆刀、三角刀，这是扁头凿子，还有铣具，与木屐工匠和制桶工匠的铣具没什么不同。喏，小三棱锥和方锥，大圆锉和圆锉，还有开槽的，那是老虎钳。这件东西不大看到吧，它叫弯棒。"

一根橡木棒插在土间里，鲛岛看见这棒的上部有一段孔径约为一寸的方形剜穴。这棒有什么用处，不得而知。鲛岛正在动脑筋，只见喜助捡起脚下的竹子，插进那剜成方形的孔穴，握竹子的手一用劲，咕地向下一压，青竹便弯成弓状了。

"在火上烘一烘，插进这洞穴后，生竹立即可以做成弯的啦。"

喜助说着，灵巧地把两三根竹子一一弄弯了给客人看。

弯棒的旁边是土制火炉，上面罩着铁丝网，还开有一些沟槽，这大概是用来烘干生竹，并使竹子或弯或直的。喜助介绍的这些工具，都是父亲喜左卫门那一代用熟了的东西，手汗所浸，油亮油亮的。

鲛岛又看了已完成九成的茶具和点心用具这些制品后，离开作坊，转向正屋背后的竹丛。

"绝大部分的竹材，靠着这片竹丛就足够供应上了。"

喜助领着鲛岛进入竹丛。鲛岛从未走进过这样美的竹丛：地上没有一片飞落的竹叶，却长着薄薄一层青苔，宛如铺上了一张大地毯。

苦竹、矢竹、紫竹、孟宗竹等不同类型的竹子，井然有序地各自为政，长得整齐而茂密，如同梳齿一般。鲛岛放眼朝竹丛深处望去，一个人影跃入他的眼帘。鲛岛吓了一跳。那是一个女子，白皙的脸，黑色和服下面穿一条劳动裙裤。这女子好像在打扫竹丛。她拿着扫帚走近后，便卸掉挂着袖子的红色肩带，对鲛岛彬彬有礼地低头弯腰，深深地一鞠躬。

"我的内人。"

喜助低声向鲛岛作了介绍。鲛岛心想,喜助方才在进正屋时曾经呼唤过什么人,看来就是在叫这位内人。鲛岛这么想着,慢慢地把目光朝玉枝的脸上看去,刹那之间,鲛岛觉得呼吸都要停止了。

她非常美。身材修长而苗条的玉枝,肌肉结实,体格健壮。玉枝的白皙皮肤在青翠的竹林衬托下,十分显眼。她那对修长而微微向上斜的眼睛,正发出妖异的目光瞅着鲛岛。

——这个人竟有这样漂亮的妻子……

鲛岛出神地望着玉枝,连打招呼的话也没说出来。阳光射进梳齿般耸立的竹林,仿佛雨丝洒向铺盖着青苔的地面。玉枝背衬缕缕金光而立,俨然一位竹神、竹灵!

鲛岛心想:难道氏家喜助做出那样精巧的竹偶,其灵感就是来源于此吗?

此时此刻,谁也不曾想到,鲛岛造访竹神村的氏家喜助这件事,竟成了玉枝一生的一个大转折点。

鲛岛呆呆地望着玉枝,和风不断吹进初春时节挺立的竹林,耳中唯闻新竹叶在风中发出箫鸣似的婆婆声。

十

大管家崎山忠平从京都姊小路的"兼德"来到竹神村，是在当年的六月末。这时，春天已经归去，南条山同乳白色的雾霭融为一体，山上的雪已消融。在山路两侧的大榉树树梢上，墨绿色的树叶在阳光下片片分明。

喜助家周围的竹子也长出了新叶，金黄色的新叶在风中摇曳。崎山忠平来到正屋前站定，内心没法平静。这无非是因为他听四条的鲛岛讲了玩偶师傅氏家喜助的长相，进而又听鲛岛讲了喜助家中有位美貌的妻子。忠平固然是为了精巧的竹偶而来谈生意的，但他确也想来看一看玩偶师傅的妻子。忠平按照鲛岛的指点，先到小屋去张望了一下，昏暗的小屋里不见人影，于是打开正屋房门，叫道：

"屋里有人吗？"

只听屋里有人轻轻咳嗽了一声，是一个女子在搭腔。不一会儿，传来了踩地板的脚步声，昏暗的屋里出现一位身形修长、脸蛋白皙的女子，她就是玉枝。

忠平吓了一跳，他望着向自己走近的女子，喉咙里不禁冒出了惊愕的声音。

"园、园子!"

忠平结结巴巴讲不出话来,他两腿发僵地直立在门口,一动不动地瞅着玉枝。玉枝一脸疑惑地朝忠平望去。忠平背光而立,他那长得略小的脸庞使玉枝望不真切。玉枝眯起眼睛仔细辨认,忠平却已确信眼前站着的女人就是十五六年前熟识的京都岛原妓院的园子。

"你,你不是园子姐吗?"

忠平感叹之下,发声问道。霎时间,玉枝眉毛上吊,像是怀疑自己的耳朵似的,透过亮光望着忠平的脸,但视线旋即下落,她眼里闪着光,发出了吃惊的声音:

"崎山先生……你不是崎山先生吗?"

"竟在这里巧遇,难得难得。园子姐,缘分不浅哪。"

忠平有皱纹的眼角皱得更厉害了,他噘起薄薄的上唇,仔细端详着玉枝的脸。

"我现在是'兼德'玩偶店的大管家。因为四条的鲛岛先生的推荐,今天奉店主人之命来买竹偶。你丈夫在家吗?"

忠平的说话声似乎使玉枝有些感旧,她咽了咽唾沫,站着愣了一会儿,然后显出很抱歉的神色说:

"当家的上福井去了，晚上才能回来。他是到武生和福井的老主顾那里收钱去了。"

"是吗？他不在家啰？这倒有些棘手了。唔，那个……那个玩偶，你丈夫还在做吗？"

"还在做，"玉枝回答，然后抱歉地说道，"鲛岛先生回京都后的来信收到了；'兼德'的老板，就是您的店主人写来的信，也收到了。所以当家的在全力以赴做竹偶。唔，大概已做出了十只。不过他不在家，我没法交给你。怎么办才好呢……你能不能再来取一次？"

忠平看着玉枝说话时的口形，他的眼神更加流露出怀旧的情绪。玉枝那丰满匀称的身体、雪白的两重下巴，还有她刚作为女人、用"园子"这个名字来到岛原时的面影，都还逼真地留存着。不，应该说现在的玉枝比那时候显得更美。她成熟了，风韵更盛。

"园子姐，"忠平不胜思慕地说，"可不可以让我进屋坐一会儿？好久不曾见面了，今天竟会在这里与你相见，真是有缘哪。你把从前的事告诉过喜助先生，我是说，你对你丈夫讲过了？哦，还有，我很想听听你是怎么嫁到这穷山僻乡来的。能不能让我进屋坐坐呢？"

忠平颇客气地弯着腰，眼朝上看着玉枝。玉枝一时不知如何是好，但随即像下了决心似的说：

"不管怎样，请先进屋坐吧。当家的不在，我连你的来意也不问一下，他回来准要生气的。"

忠平看着玉枝的举止，觉得昔日的园子已完全变成了玩偶师傅喜助的老婆。他迈进大门，朝起居间的炉边走去，同时问道：

"园子姐，你今年多大啦？"

"我吗？三十三了。"

"是吗。"

"崎山先生您呢？"

"我吗？我整四十了，好不容易才当上个'兼德'的大管家。明年，我想独自开爿小店，所以在拼命地干。在做买卖方面，我得到了老板的赏识，各方面的要领都掌握了，可是个人的爱好、玩乐又放不掉，所以待遇上的变化不大，无非比艺徒略胜一筹罢了……做买卖这玩意儿，即使像这样偏僻的地方，也得踏破草鞋赶来。"

忠平深有感慨地说过这番话后，坐到炉边，又盯着玉枝的脸看。

"你还是很年轻，一点也没有变。"

忠平一再感慨。他确实感到吃惊不小。在岛原的青楼，玉枝以"园子"这个名字在"山阳"妓院接客，那时候的玉枝可没有现在这么结实、丰满。当时，在身材匀称加上一副圆脸蛋的园子那里，总是狎客不断。她从中书岛的家中逃出来，当妓女才三个月，忠平就同她混熟了。

"你那个在中书岛的母亲现在怎么样了？"

"她已经死了。"

玉枝把烧水壶向炉子边靠靠，一边引柴点火一边应道。

"父亲呢？"

"我在岛原的时候，父亲就已出走，早不在家中了。"

"那么，你辞离了岛原……后来就一直待在这里吗？"

"不是的。"

玉枝回答。她的脸上微微流露出见到旧时熟人的喜悦，她为总算有了尽情畅谈的对象而感到高兴。同刚才在门口的时候相比，玉枝现在是双目生辉、炯炯有神了。

"我后来到宫川町去了,之后又回岛原去过。回到岛原后,你再也没上我那儿去过。那次我没进'山阳',而是进了'立花',在那里干了两年。后来,'立花'的众妓女闹事,打得不可开交,实在难以再住下去……我已经讨厌京都了,便想索性到远的地方去试试。当时,我的朋友喜代子在芦原,她对我说:'宫川町啦,桥下啦,还不是一个样?芦原是个好地方,你就到芦原来吧。'于是,我就到那里去了。"

"芦原就是越前北部的温泉所在地吧?"

"对。从福井往三国方向进去一点儿就是了。"

"你在那里干些什么呢?"

这时,玉枝露出雪白的牙齿微微一笑:"还是当妓女。想干正经事儿,但是找不到那种地方哪。起初在一家叫'松井'的窑子里当陪酒的,这事儿实在没意思,后来转入名叫'观花院'的妓馆。"

"哦?"

忠平吃惊地叹了口气,把依旧如故的瘦小身体探向前,伸出偏小的脸庞。他眯着眼睛,不像是个心地很坏的人,不过，看他那淡淡的眉毛四周，皱起的眼角，还有那明明是男人却细腻润滑得好似女人的皮肤——这些都同从前没什么两样，总使人产生一种好色的感觉。玉枝看着崎山的脸，勾起十几年前在岛原的事，心里百感交集。

"那么，你怎么会嫁到这里来的呢？是在芦原的'观花院'里认识了玩偶师傅喜助先生吗？"

"是的。"玉枝低下头回答道。

忽然，玉枝的眼前浮现出去福井办事的喜助的脸庞来。在喜助外出的时候，自己竟和一个从前的相好——虽说是偶然相遇——谈得这么投机，这实在使玉枝感到自己在干什么罪恶勾当了。可是另一方面，玉枝依然无法打消这样一个疑问：喜助真是自己名副其实的丈夫吗？喜助虽同玉枝并排而睡，却从未对玉枝有所要求。当玉枝主动启口的时候，喜助照例蜷缩着身子，全身一动不动地加以拒绝。他夜里如此，嘴上却总以"哎""玉枝姐"来招呼玉枝。很显然，喜助是把玉枝当作母亲来依恋的。

喜助在工作上全力以赴，他做出那样精巧的作品，连京都的玩偶批发店都争着要获得批发权。也许可以说，喜助之所以能够取得如此成果，也是因为他对玉枝的强烈依恋对工作起了促进作用的缘故。事实上，喜助也的确说过，这样干起活来浑身有劲；而玉枝也下决心就这样过下去。所以，后门的竹丛干净得地上没有一片落叶，供在喜左卫门墓前的鲜花从未间断过。

"这样很好。如此终此余生倒也不错。"

直到现在，玉枝一直在这么自己说服着自己。当然，她自认为对喜助的爱情并没有改变，认为将自己对喜左卫门的爱倾注到喜助的身上去了。然而，当眼前出现了崎山这个老相识，看着他皱着眼角和自己交谈的样子，玉枝突然回到了从前的日子。

"喜左卫门先生是这里上一代的竹工艺匠，他很喜欢我，长期同我交往，是熟客，"玉枝对崎山道出了实情，"那位喜左卫门先生是前年十一月死的。那以后，我就在'观花院'病倒了，很长一段时期里，疾病缠绵于身。这时候，喜左卫门先生的儿子喜助突然来探望我了。"

"哦？"忠平睁大眼睛望着玉枝。

"当然，这是有起因的。当喜左卫门的坟在这里的竹丛背后修好时，我来上过坟。当时，我第一次同喜助相见。喜助是个寂寞的人，不，他还不是寂寞，而是孤独。开始我以为他这个人有点乖戾，可是跟了他之后，我发现他有不少优点，是个很孩子气的好人，"玉枝看着忠平闪烁生辉的眼睛，继续说道，"他是个可怜的人。但是他身上有一种说不出来的味道哪，崎山先生。我不知道前一阵从京都来的那位美术商是怎样评价他的，但是我觉得喜助是一位天生的玩偶师傅。鸟笼、茶具、扇子，他都很拿手。我最喜欢他做竹偶时的表情。真的，他虽然个子矮小得像个罗锅，可有时候，就好像有一圈光晕从他的背后射出来！我看到过一次。京都的批发店说要派一位大管家来，我的这位当家人听了可高兴啦。实在不巧，他现在到福井办事去了，不在家，真可惜。真的，崎山先生。"

玉枝脸上有些发烧，白皙的脸颊泛起红晕，从这张脸上，崎山看到了一个纯真如故的女人，看到了昔日的园子。正因为如此，崎山感到谈话里混有着亲切感，这使他回忆起他俩在"山阳"时的那些夜晚——在楼下那间发暗的房里同枕共衾的情景。想着，崎山的心里骚动起来。

"喔,你有了一个好丈夫……看你一副津津乐道的样子,我就知道是真的。喜助先生能够得到像你这样漂亮女子的钟情,真是个幸运儿哪。"

忠平的嘴里这么说,眼睛里却带上了异样的光亮。屋子像一把发黑的旧伞撑在地上,柴禾在昏暗的光线中噼啪作响地燃烧着。随着火焰的每次跳动,玉枝那白皙的脸便显得越发的艳丽,妖艳的眼睛攫住了忠平的心魂。忠平喝了好几杯用竹杯递过来的茶,但是喉咙里却越来越渴。接着,忠平感到情欲在往上冒。

"园子姐!"忠平突然从炉边那张边上发毛的地席上爬着向玉枝的身旁靠过去。

"你还记得我俩同枕共衾的那些夜晚吗?"

忠平的嗓音激动得发尖。他迅速地把手合到玉枝拿火箸的手上,从旁抱住玉枝纤细的腰部往自己身边拽。

"竟会在这里同你相见,真是做梦也想不到啊,园子姐。"

忠平温情脉脉地耳语,凸出在前的嘴唇几乎触及玉枝鬓发鬅松的耳郭。玉枝不乐意地闭上嘴,低下头,但是没有响。她躲着身子，拿着火箸就想赶快逃离忠平。忠平压过来，喘着粗气把嘴唇盖上去。

"园子姐……园子。"

忠平叫着玉枝从前的名字。被男人紧紧拥抱，玉枝感到由芦原来竹神村这一年间清心寡欲的身体，即刻被火点燃了。

"不，不……"

玉枝叫喊着，既像说给忠平听，又像说给自己听，然而喜助那冷冰冰、欠端正的脸急速地远去。也是该有此劫吧，想到每天夜里吃喜助的闭门羹，玉枝头脑里闪过一个报复性的念头。

"园子，园子！"

忠平喊着，猛然将玉枝的身体撂倒。玉枝的火箸飞了出去，露出红色衬裙的衣摆在火光中晃动。忠平的气力很大，玉枝被倒剪双臂拖到地席上。没一会儿，玉枝就累得一点劲都没有，束手就擒。

炉火在毕毕剥剥地燃烧，白色烟雾开始裹卷住屋顶下三角形空当里那一捆捆熏黑的竹子。玉枝在心里呼唤着喜助的名字,悲痛得直打滚。

"喜助哥,喜助哥,你一点也不好好照顾我。不是我不好,不是我不好。喜助哥,是你不好啊……"

玉枝在心里这么叫着,两颊热泪纵横,抽噎个不停。

"没有人看到,只有老天知道。你对喜助保密就行了。我呢,我对谁也不说。园子姐,你放心……"

忠平尖声尖气地说着,抱着玉枝的手越发用力了。玉枝低着头在啜泣,这声音渗进席子,在地板上轻轻地回旋。

十一

喜助由福井的主顾处回到家中,已经过了黄昏时刻。太阳已下山,南条山脉的山脊染上了一片暗红色。才不过两个小时之前,曾是旧相识的不速之客崎山忠平留下一句"去武生住宿",离开了竹神村喜助的家。玉枝脸色苍白地到门口迎接喜助。喜助将一个用带子捆好的纸包递给玉枝,说道:

"我买来了糯米软糕。"

喜助满脸喜悦地走到屋内的炉边,将这一整天在武生和福井的主顾那里听到的有关竹工艺品的评价告诉玉枝,并坐下吃起饭来。玉枝却在踌躇:忠平来过的事该在什么时候告诉喜助呢？

时间过去没多久，玉枝心里就像灌了盐卤，分不清是受了良心的谴责，还是懊悔不已。玉枝启口的时候，饭已经吃完了。她从侧面看着喜助微驼着背捧着竹杯喝茶，便开腔说道：

"哎，今天从京都玩偶批发店来了一位大管家。"

"他来了吗？"喜助眼睛一亮，意思是怎么不早说呢！

"我不在家……他说了些什么，现在到哪儿去了？"喜助问。

"他非要得到你做的竹偶不可，今晚在武生的旅馆下榻。他明天再来，希望你能把做好的那一部分卖给他。"

"哦？他是什么样一个人？"

"大管家，"玉枝回答，"身材不高，圆脸，四十岁左右。"

"一个人来的吗？"

"嗯，一个人。"

玉枝趁机偷觑了一下喜助的侧脸。当然，喜助是不知其中缘由的。他似乎觉得自己偏巧不在家，很遗憾，便问道：

"是吗？那么是住在武生啰？你知道是哪一家旅馆吗？"

"住在火车站前面那一带。他说过还要上我们这儿来就走了。"

"这么说来，会不会是'日野馆'？那是买刀具的人下榻的地方。"喜助说着，眼睛忽地一亮，兴致勃勃地说道，"我明天上那位管家处走一趟，把竹偶给他带去。人家是第一次来办货，偏偏我又出去了，是我的不是。这么一位大主顾，我得去打个招呼，表示歉意。我得把竹偶带去。你知道他姓什么吗？"喜助问玉枝。

玉枝吓了一跳，一时心乱如麻，便微微低下头去答道："他姓崎山。"

"崎山？好，我明天上车站前面的'日野馆'去问问看，并把完工的那部分给他带去，实在不好意思让这样的大主顾再坐马车进山来。"

那天，喜助的生意大概是谈得很顺利，他的情绪好极了。对于喜助要背着竹偶上武生去，玉枝当然不反对。喜助见到崎山，崎山也不会说什么的。只要崎山不多嘴，喜助当然不会知道今天白天的事。

"没有人看到，只有老天知道。你对喜助保密就行了。我呢，我对谁也不说……你放心……"崎山喘着粗气的尖声耳语还留在耳际，玉枝一想起忠平当时的神情，就有一种夹带着厌恶的恐惧感袭上心头。

"不过，你要是正好同他在路上错开，就白走一趟了。"玉枝说。

"为了不至于白跑一趟，我明天必须一大早就起床。"喜助接嘴说了之后，猛然从炉边站起来，到门槛处趿了一双草鞋走出门外，像是上作坊去了。不一会儿，他大概是点着了煤油提灯，有灯光往大门前透过来。也许想把带给崎山的竹偶搞得再美观些吧，可以听见他在用木贼吭哧吭哧给竹偶抛光，以及用绸子摩擦竹偶表皮的声音。

过了一会儿，在玉枝洗完餐具的时候，她听见喜助到门口来叫她。玉枝擦了擦手，向门口的土间走去。

"麻烦你来帮我一下好吗？"喜助喜不自胜地对玉枝说，"这是第一次出门的产品，我有点不放心竹偶的质量。你是不是可以帮个忙，在我做好之后，用木贼给抛抛光？"

玉枝点点头。摩擦、抛光这种工作，妇女也能胜任的。在这之前，玉枝曾经在喜助的指点下，帮他擦亮点心器具和茶具盖子，加工后，竹制品光滑润泽。玉枝想，一个夜晚要备置十只成品竹偶，靠喜助一个人当然来不及。于是，她搁下了正屋里的家务，急忙走进小屋。

喜助坐在坐垫上，用两脚夹着竹偶的底座，耸起肩膀，双手灵巧地操纵着小刀，正在专心致志地加工细部。玉枝坐到喜助旁边，用木贼摩擦喜助并排放着的竹偶的身躯和底座。

煤油提灯的光亮只能在他俩下坐的那一块地方投下一个光圈，每当贼风钻进屋来时，光亮就晃一晃。玉枝从侧面看着喜助不同寻常的高兴劲儿，心底里的悔恨渐渐被安心所取代，她感慨系之地说：

"你做的竹偶也终于上京都了啊！"

玉枝很高兴，她在岛原的时候，曾经到四条和京极一带去看过大的玩偶店。

玉枝一想起喜助所做的竹偶放在玻璃柜里，陈列于夺人眼目的店头，就感到自己像在做梦。喜助当然也很高兴，他在完成鸟笼、茶具等订货的同时，抓紧时间埋头苦干，终于做出了这十只竹偶。

"这次我的竹偶能够热销起来的话，上京都去一次怎么样？和我一起去。"喜助慢吞吞地喃喃说道。

"太叫人高兴了。你真的带我一起去？"玉枝追问了一句。

"不骗你。自你来这儿以后，我都没为你做过什么事。净要你为我洗衣服、烧饭、打扫竹丛等等，我也没像样地感谢一声。我是要报答你的。得带你一起上京都去一次。"

玉枝明白了喜助的心意，觉得有一股喜悦直往喉咙口涌。

就在这时，玉枝看到喜助无意中回望她的眼睛在异样地"燃烧"。虽说这就是从前——也就是一年前喜助去"观花院"看望玉枝时的那种既像神往又像腼腆的寂寞眼神，但他眼珠中心在"燃烧"的"火"却没能逃过玉枝的眼睛。玉枝一下子喜爱起喜助来，她的身体渐渐发热，血液在奔腾。

"这个人今晚有些异样，我要是搂抱他的话，他很有可能会听我摆布的……"玉枝咽了口唾沫，开始与这种思想作斗争。

等到喜助加工完毕，并把十只竹偶包装好，已经十一点多了。玉枝也在一旁帮忙，她把这些竹偶用纸包好放进背筐，然后搬到正屋门口，这样一来，明天任何时候都可以背起来就出发。玉枝回卧室睡觉已近十二点了。

不久，两人把枕头在并排铺好的床铺上放好，就躺下了。玉枝睡不着。她回忆起被忠平挑逗时，虽非出自心底，但头脑中确实闪过一种报复性的快意。

玉枝猝然感到喉咙发干，朝喜助看看，本以为他外出办事又加了夜班，一定很疲乏，应该发出轻轻的鼾声进入梦乡了，但是玉枝没听见喜助的鼾声。月光透过拉窗射进来，玉枝目不旁视地看着喜助那理短发的脑袋沐浴在月光中。

玉枝的眼前闪过喜助在煤油提灯下眼中燃起异样火花的那一瞬间的景象。

"喜助哥，"玉枝鼓起勇气，将身子挪向喜助的被窝，"喜助哥，你还没睡着吗？"

没有回音。玉枝便把升火发热的身子潜入喜助的身旁，伸出双臂想要搂抱喜助，不料喜助从铺上一跃而起。

"喜助哥，你怎么跑了？"玉枝敞开着剧烈起伏的胸部，向竖起上半身坐在地席上一动不动的喜助那黑黑的身影发问，"喜助哥，你怎么不过来呀？"

"我怕碰到玉枝姐的身子哪。"喜助喘了口粗气。

"你在说什么呀？你害怕我？我是你的妻子呀！"

"玉枝姐，你是我的母亲呀。我一直是这样想着生活过来的。碰到你的身体时，我就觉得自己在受母亲的拥抱。一想到拥抱你，我的身体就发软了。玉枝姐，请你忍耐忍耐吧，"喜助像蝙蝠似的缩着脑袋，望着玉枝继续说道，"你还是过去睡吧。我把你看作是自己的母亲……往后我们在一起过日子。玉枝姐，请你理解我的心愿，上那边去睡吧。"

玉枝离开了喜助的床铺。她仿佛受到了沉重的打击。

玉枝感觉到眼泪在顺着脸颊不停地向下淌。她钻进自己的被窝，双手交叉在火热的胸前，睁着眼睛，平静不下来。

过了一会儿，玉枝感觉到喜助也钻进了被窝。

那天夜里，玉枝简直没有合过眼。忠平那急切的表情，喜助那哀求似的拒绝的表情，这两张脸始终叠合在一起，分不开。

第二天早晨，喜助五点钟就起床了。他在因睡眠不足而脸部发肿的玉枝面前吃了早饭，然后检点了一下放在背筐里的十只竹偶，双眼闪烁着快乐的光芒，高高兴兴地走出小屋。

"我走了。"

喜助向玉枝打过招呼后就出发了。他的脸上已没有昨夜那种蜷缩着身子拒绝玉枝的眼神，在玉枝眼中，他是满脸喜气地去卖竹偶了。从竹神村出发，走过桥，翻过南条山，就是广濑村。玉枝一直目送着喜助远去，望着喜助小小的身躯隐在左右摇晃着的背筐下，一摇一晃地渐渐消失在朝霞中的山巅丛林。

"那种事，我再也不能干了……面对喜助那孩子般纯洁的心灵，我实在无地自容……"

玉枝由心底里感到深深的后悔，在晨曦中，她简直想双手合十了。

"那种事，我再也不能干了……"

十二

氏家喜助的竹偶在姊小路的"兼德"批发店一陈列出来，酷爱新奇东西的京都各玩偶店当天就全部买进。可以说，鲛岛市次郎的估计是完全正确的。"兼德"的老板鳟二郎叫来了大管家崎山忠平，说道：

"名气打响了！不过，那么十只竹偶有个屁用！你不会让越前竹偶的师傅多生产一些吗？"

在不知实情的老板看来，忠平只采购到十只，这肯定是办事不力的结果。

"唉！"忠平抬眼望着老板的脸，"氏家喜助是村里唯一的竹偶师傅。村里虽也有制作竹工艺品的人家，但是竹偶嘛，只有喜助会做。"

"喔！"店老板发出了赞叹声，"让他再多承包一些，必须把产量提高才行啊。照目前这样，顾客会不满意的。你去对喜助师傅说，能不能一天做出个十只来？你可以对他说，订货者蜂拥而来。"

店老板的话是一语中的了。从第二天起，看见过竹偶的小商店纷纷打电话给"兼德"，要求订货。"兼德"每次都不得不拒绝。

店老板知道，大凡新奇的东西，销路总是快的。虽说其他种类的玩偶也碰到过这种情形，但是唯有竹偶，由于制作精巧并罕见，不论采购多少也不用担心会积压在仓库里。这是他积长年经商经验的直感。店老板把出差费递给大管家，命忠平设法安排一下，要让喜助的竹偶多多地生产出来。忠平便离开京都，再次到越前去。

忠平第二次到竹神村的喜助家，是在七月中旬。当时，喜助正一个人在作坊中制作第五个竹偶。忠平朝正屋望了望，不见玉枝的身影，便走进小屋。

"喜助师傅，"忠平按照老板的吩咐，向喜助说明来意，"竹偶在京都获得了头等的好评，很成功哪！你是不是可以收一个徒弟，至少得比现在多生产一倍的竹偶，你看怎么样？我家老板再三说，一定大力支援你，为此非叫我走一趟不可……你觉得怎么样，村里有没有能努力向你学手艺的人？"

喜助显得很高兴地望着忠平，答道："批发店这么催着要货，当然可以在村里的竹工艺匠中物色物色看。"

忠平笑逐颜开，把做好的四只竹偶放进包里，当场交付了现钱。

"尊夫人今天上哪儿去了？"忠平皱起眼角问道。

"唔，一定是去竹丛了吧，"喜助回答，"竹丛里正在出小竹子，现在是新竹皮下来的时候，这新下来的竹皮很适合做竹偶的裙裤。"喜助说。

忠平从小屋的门洞里朝正屋后面望过去，不见有玉枝，脑海里便浮现出玉枝在竹丛中捡取竹皮的身影。

忠平带着恋恋不舍的表情离开了竹神村。对他这么个好色的男人来说，玉枝的身子不过是当时想象一下的对象罢了。既然到竹神村来了，当然想见一见，但玉枝毕竟不是那种非见到不可的女人。在忠平看来，喜助不单纯是一丑陋的矮子，而是有着名匠的气质，相比之下，自己是略逊一筹了。忠平对自己侵犯了喜助的妻子玉枝一事，不免有些悔恨。见喜助愿意为承包制作竹偶而做准备，他便心怀竹偶可望增产的希望，离开了竹神村。

得到了"兼德"的援助，喜助开始全力以赴制作竹偶了，这是忠平第二次来访后不久的事。

喜助在村里的竹工艺匠中只物色了三个灵巧的，把做竹偶的方法教给他们。喜助竭力向他们陈说竹偶的价值昂贵，能够增加收入。三个竹工艺匠的眼睛闪闪发光了，他们已经见过喜助的小屋，知道喜助的竹偶，所以听说竹偶在京都的批发店陈列后名声大振，都吃惊不小，当然就有人想仿照喜助那样赚钱啦。他们以编制竹筐和农具等竹制品为副业，收入可想而知。而且卖给附近的农家，依据惯例，付款得受季节限制，指望不上多少。

上喜助的小屋学做竹偶的，起初只有多吉、松之丞、英三郎三个人。但是没过多久，小兵卫、大四郎两人听见消息也来参加了。五个竹工艺匠一早一晚来跟喜助学手艺，喜助亲切地给予指点，还把工具借给没有自备工具的人。这几个人本来就心灵手巧，他们一边看着喜助怎么操作一边跟着学，很快就学会了。

从那一年，也就是从大正十三年的夏天开始，竹神村的竹偶生产量已相当可观，开始雇广濑村的马车把竹偶运载出去。竹偶在京都博得好评的消息传到了大阪，接着传到了名古屋。大阪和名古屋都有玩偶批发店，然而不光是玩偶批发店，连当时开在市中心繁华街上的高级饰品店，也特地派人到竹神村来订做特制竹偶。

"越前竹偶"的名声在关西一带流传开了，这时，竹神村已有十四个竹工艺匠转移到制作竹偶方面来了。

这十四个徒弟都带着饭盒到喜助的小屋来，因为——回家吃中饭的话，订货就不能如期完成。玉枝也日益忙碌了。

给工匠们送茶水是玉枝的事，以往没有的登记入账手续也成了玉枝的事。当然，说是上账，在当时只是指把主顾的名字和完成的品种数记入和纸订成的大开本账簿中，到月底一统计，讨回未付清的尾款即可。对玉枝来说，现在的工作比先前要有干劲多了。

喜助家的收入很明显地一天天多起来。制作竹偶，所花的工夫几乎就是货款，外加住宅的周围本来就长着竹子，竹偶以此为原料，比起必须用真丝来做衣物的博多玩偶以及皇族玩偶来，竹偶的成本很低。

但是制作竹偶很费工夫，所以价格昂贵。一对竹偶老翁，当时在京都的商店里售价两元，可见越前竹偶是属于高级玩偶的范畴了。

工匠们很乐意上喜助的小屋来。一方面固然是因为可以有所收益，另一方面也为了见见玉枝。以往，除了在村里的路上可以见到玉枝外，可以说连话都搭不上一句的。

现在，大家都亲热地叫她"玉枝姐"。玉枝对村里人彬彬有礼，举止和蔼可亲。她还时常弄点儿粗点心或糕饼之类的茶点，送到作坊去。

但是，从八月底的某一天开始，玉枝的脸色忽然失去了光泽，总显出一副病恹恹的样子。喜助比谁都先注意到这一情况。

"哎，你一定是哪里不舒服吧？"在工匠们回家以后，当屋里只有他俩面对面吃晚饭时，喜助不放心地问玉枝，"来了这么多工匠，你准是怕照应不周而操劳过度了吧？你都面有草色了，不能不注意哪！"

玉枝却摇摇头，把喜助的担心付之一笑，说道："哪里有什么不舒服，我的脸色向来是不好的嘛！你看，我能吃下这么多饭呢。"

然而，喜助总觉得玉枝的辩解是没有说服力的。他不禁回想起玉枝那年肺部不适，躺倒在芦原的"观花院"中那间里屋的模样来。

"你的身子不像村里人那么健壮，是患过病的人，不能不加以注意哪。最好是去给医生看一下。"

近来，玉枝自己也感到，不知怎么搞的，下半截身子一点力气也没有；在专注工作的时候，一阵疲乏感会突然袭来，着实令人烦恼。

早晨醒来时，玉枝总是睡汗涔涔，她感到身子变重了。虽说没有发烧，但身子像铅块一样沉重。但她并没有把这些情况告诉忙忙碌碌的喜助。

"别替我担心。想想在'观花院'的时候，现在简直是天堂了。我的身体健壮多了。"玉枝对喜助说。

"你的健康状况虽比从前好多了，但是这屋子晒不到太阳光，这一点一定得注意。明年春天，我一定要替你盖一间阳光充足的屋子。把正屋旁的披屋拆除，替你盖一间六铺席大的卧室是毫无问题的。我会努力干活，攒下钱来盖房子的，你再稍稍坚持一下。"喜助含情脉脉地望着玉枝没有光泽的脸说。

玉枝低下头来，眼里噙着泪水。

一进入十月，玉枝的身体急剧消瘦，本来丰满的胸部似乎有点趋向平坦了；呈弧形凸出的臀部，好像也瘪进去了。此外，喜助还注意到，玉枝的食欲也不行了。

"去看一次医生，怎么样？只要坐上广濑村的马车，两个小时不就可以到武生了？你就请武生镇上的医生诊断一下，吃点药吧。"喜助好像生气了，大声地劝玉枝去看医生。

面对喜助亲切的话语，玉枝感到无地自容，她默默无言。从八月中旬开始，玉枝就预感到：会不会是怀孕了？玉枝不敢明说，其实，她从七月份开始就没有来过月经。

当然，玉枝是当过妓女的人，对她来说，月经不调早已习以为常了。年轻时，玉枝曾有过半年不来月经的情况，她的体质就是如此。所以月经不来也没有什么可担心的。再说，同崎山忠平就只犯过那么一次过失，怎么会怀孕呢？在当妓女的时期，当然，玉枝是使用避孕工具的。但是有的嫖客讨厌避孕工具，所以有时就不用。即使在那种情况下，玉枝也从来没有受孕。

玉枝一直注意着身子的变化，她也怀疑起来：难道真的出现了那可怕的结果？本来，她的乳房膨大如碗状，富弹性；现在呢，乳房下部好像长了硬块，上部变得松弛了，乳头好像薄薄地涂上了一层颜色。

此外，玉枝还时常想呕吐，胸口烧得难受。玉枝觉得，这一切很像那些生了孩子的妓女朋友所说的孕期反应，以及自己在杂志上看到的怀孕症状。

玉枝感到受孕的可能性越来越大，不免害怕起来。后来有两次看见"兼德"的忠平若无其事地来村里提货，一见他的脸，玉枝就感到厌恶。如果真是受了孕，玉枝对忠平要恨之入骨了。痛恨忠平的情绪也反过来作用到玉枝自己身上：当时再稍稍奋力反抗一下就好了！然而事情到了如此地步，后悔也来不及了。

喜助一再纠缠住玉枝，催她趁着还没有下雪，赶快去找医生看看。十月二十日，玉枝上武生镇上去看病了。那一天晴空万里，也是玉枝来竹神村住下后第一次独自出村。

玉枝的心里很悒郁——要是医生诊断的结果是怀孕了，那该怎么办呢？强烈的不安袭上心头。

玉枝从广濑村乘上马车。驾车的叫长七，是个六十来岁的老头，玉枝从芦原来竹神村时，就是他给运的行李。长七看到玉枝，一边抽鼻子一边恭维致意。玉枝支支吾吾敷衍着，想起看医生，满腹忧虑。

"你来竹神村的时候是夏天，柿子树正开着花哪。"长七在马屁股上着了一鞭，说道。玉枝笑笑，没有吭声。

马车是硬木做的，装着金属的轮子。所以从石子路上碾过时，毂辘毂辘响着，摇晃得厉害。玉枝垫了张席子，两腿弯曲着并向一边地坐在车上，这种摇晃使玉枝的肚子产生了共振，突然之间感到要呕吐，她便用手抓住行李架的边缘，硬是压制着涌上来的发酸的唾液。

车夫长七不时回过头来望望玉枝。当武生镇上的房屋出现在眼前时，由于拼命忍着呕吐，玉枝苍白的脸上完全失去了血色。长七看着玉枝的脸，说："你怎么啦？太太，你准是身体不好吧？"

他放慢了车速，对玉枝说："你的脸色发青了。"

"没有关系。肚子有点不舒服，想去找医生看看。请不要担心。"

玉枝尽可能振作起精神这么说道。她努力不让车夫洞察到自己心中的不安。

武生镇上医生很多。玉枝从车站前面向街里走去,不一会儿进入一条小巷,巷内有一幢墙面涂漆的四方形房子,大门上挂着"吉田内科医院"的招牌。玉枝上前推开了大门。

玉枝同这位医生素不相识。她心里本想去找妇产科医生的,但一下车就去妇产科的话,回家后在喜助面前不好解释。

玉枝发现,在"内科医院"这块招牌的角上还写有"妇科"的小字,这使她胆壮不少。她觉得找到了一个合适的医生,所以高高兴兴地走进去。

医生是个瘦子,有四十多岁,浅黑的脸上架着一副赛璐珞圆形宽边眼镜。他大概刚送走看病的人,恰巧闲着。

玉枝走进寂静的就诊室,把自己感觉到的症状和盘托出。医生听罢,询问道:

"您是什么时候结的婚?"

"去年七月份。"

医生翻起玉枝的上眼皮看看,又看看玉枝的舌头;接着命玉枝掀起衬衣,用听诊器听了一会儿;然后让玉枝躺到一张硬质的床上，把两手伸到玉枝的小腹两侧，轻轻地按了又按，他的眼睛一直闭着，在静静地思考。

然后，医生收起听诊器，若无其事地问玉枝：

"太太，您今年多大了？"

"三十三岁。"

医生摘下眼镜，回到写字台前，然后慢慢地反复看了看写在病历卡上的文字，问道：

"月经是什么时候停的？"

"七月份。"

"那就是结婚后第十三个月停的啰？"医生微微一笑，眼角皱了起来，"太太，您是怀孕了，这可以百分之百地肯定。孩子已经有三个月大了，是个发育非常非常良好的婴儿呢！"

十三

在大正十三年的时候，堕胎可不像如今这样，是随随便便可以干得的。需要堕胎的话，必须向官署提出申请，说明症状。取缔法规严格规定：凡私下依靠产婆葬送胎儿者，勒令产婆停止营业，孕妇也将受到刑罚处置。这可能是尊重生命的关系吧。

当时的法律规定：妇女一旦受孕，必须让婴孩出世。哪像现在这样——药房的店头肆无忌惮地陈列着各种避孕用品；妇产科医生以保护母亲的安全为名进行人工流产，借此赚钱。相比之下，真可谓有云泥之差呢。

当然，通奸在当时是有罪的。通奸罪之所以属于重罪，恐怕与这种不允许堕胎的规定不无关系。

玉枝吓得脸色发白，比起必须要让婴儿出世来，她更害怕的是，不知该如何去向喜助说清楚！如果老老实实告诉喜助，她肚里的孩子是京都玩偶批发店的大管家的，喜助会原谅她吗？不会的！

玉枝很了解喜助的脾气。喜助眼看着是不会原谅她的。喜助爱着她，就像孩子依恋母亲一样。可以说，喜助的这种恋情比世上的丈夫对妻子的独占欲还要强烈。

喜助肯定是要震惊了。不，要是把事情告诉他，他也许会气得发疯的。

玉枝一想起喜助那副样子，心里便无法忍受。吉田医生微笑着把玉枝送到大门口，玉枝脚步沉重地从大门走到车站后面的拴马场，车夫正在那儿等着她。玉枝心想，即使回家后编造个什么疾病暂时蒙混过去，随着时间的推移，肚子也只会越来越明显，这是毫无办法可想的。

玉枝脸如白蜡地乘上了马车。

车夫不放心地问玉枝："太太，你怎么啦？医生说什么来着？"

"医生说我的胃不好，是长期不注意造成的，所以现在胃壁薄弱了。医生要我从明天起吃粥，要多加小心。"

玉枝撒了个谎，两腿屈向一边地在席子上坐下。马车离开了武生镇后，就看见烟雾迷蒙的南条山脉出现在一片乳白色中，峰巅像波浪似的高低起伏。

一条发白的道路，两旁是割了稻后留下的稻茬，宛如刷帚似的整整齐齐排列着，在水田里清晰可见。

玉枝的眼前浮现出去年夏天的情景，那时她坐在装载着行李的马车上，由这条道路匆匆赶往竹神村去。随着山脉的靠向前来，她不由自主地觉得那回忆渐渐地消失在远处了。

"不要让喜助哥知道……不要让喜助哥难受……到了肚子显眼的时候，一定要离开竹神村，一定要离开那个家……"

玉枝在心里这么说服着自己，脑海里却浮现出被精心培植的矢竹丛和紫竹丛所围的三角形屋顶的家来。

犯了一次过错，自己的身体就受到严重创伤，玉枝感到不寒而栗，深深的后悔和寂寞给了她沉重的打击。玉枝一直低头不语，听着金属轮子在地面上的滚动声。这时驾车的嚷道：

"马上要下雪了，太太。你看，下雪虫正在飞舞呢。"

听驾车的一说，玉枝也确实注意到了：一种叫做下雪虫的小虫子如同白色的粉末从空中洒下来，纯白色的毫毛在发光。它们在风中斜着飘流，何止几百只！其中有一两只还扑到坐在车上的玉枝濡湿的脸颊上。

工匠们都已回家，喜助还在作坊干活。听到玉枝看过医生回来，他掸掸锯竹子时留在膝盖上的竹屑，飞奔到门口迎接玉枝。

"医生怎么说？要紧吗？"喜助问。

玉枝听到后无法保持平静，猝然一震，随即脱口而出，把自己在马车上回答车夫的话搬了出来：

"医生说我的胃不好，不照 X 光没法确诊，不过肠胃有病大概是错不了的。呕吐就是胃经受不住的反应。医生命我从明天起吃粥，不要使胃的负担过重。"玉枝若无其事地说。

"真的?"喜助说着，小小的脸庞上绽出了笑容，然后放心地对玉枝说，"是胃病，就不必担心了。今后对于饮食多加注意就行。"

喜助的忠厚使玉枝内心感到自责，同时，她又觉得第一个难关是过去了，今后呕吐的话，也有理由了。

然而，肚里的婴儿一天大似一天。虽说穿薄衣的夏天已经过去，玉枝也换上了夹衣，但是怀孕已到了第六个月，凸出的小肚子眼看着是瞒不住了。玉枝回想起在芦原看到过的一个怀孕的妓女，那妓女挺着大肚子躲在昏暗的屋里深居简出。她想，在自己的肚子没有大到那种程度之前，一定得想想办法才行。要想在喜助不可能撞见的地方流产，去武生镇这类地方拜托医生动手术是无论如何行不通的。一旦恳求医生遭到了拒绝，事情马上就会传播出去，因为那是一个小镇子嘛！特别是喜助每月必定要到武生、鲭江、福井去出一趟差，难保他不会听到传言。再者，即使进行了人工流产，事情一败露，也就成为罪人了。

玉枝颇感焦虑。

后来，玉枝终于冒出了这样一种考虑：最好到远一点的什么地方去解决这件事。如果解决不了就非得离开喜助家不可了。要是生下这个喜助一无所知的孩子来，自己当然不可能继续留在竹神村。

玉枝的跟前浮现出京都"兼德"的那个忠平来。十月份以来，忠平不来了，采购的事由他手下的一个伙计替代了。玉枝一想起忠平那前额狭窄的狡狯长相，厌恶感就袭上心头，直想呕吐。不过，玉枝觉得在如何处理腹中的婴儿这件事上，去和孩子的父亲忠平谈谈，以便在京都找个医生，也是一个办法。

"索性到京都去吧。"玉枝突然冒出这么个念头来。

在京都中书岛的家中，父母是没有了，但是当引荐婆的姑母尚在向岛，还有一些岛原时期的朋友，替我玉枝出出主意的人还不是没有。京都与武生不同，是一座大都会，医生很多。玉枝想，去恳求忠平的话，他有鉴于在大老板面前的名声，也许会替我在什么地方找一个妇产科医生的。这件事，忠平也有责任，他听了我的苦衷，总不能袖手旁观吧。

玉枝觉得，趁喜助还蒙在鼓里，必须及早采取行动。

"能不能找到一个上京都去的借口呢？"玉枝在心里嘀咕道。

进入十二月份之后，北国明显地寒冷起来。竹神村位于南条山脉的北麓，所以在猛烈的山风中，溪谷间那些稻草葺的屋顶以及房子周围的竹丛整天地作响，喧闹不已。在天气晴朗的清晨，北面的天空下能看见披着皑皑积雪的银色山峰。

喜助却一心一意扑在竹偶的制作上。京都的"兼德"当然是个大主顾，还有大阪设在福岛的批发店"荣屋"、名古屋的"甚六玩偶"、岐阜的"立川屋"，都纷纷前来订货。这也可能是因为时近新年的缘故。

从十月份开始，村里的工匠发展到了十六人，狭小的作坊已经挤不下了，连角落里都铺上了席子。制作竹偶是很费工夫的事，喜助得对工匠们包下来的活儿一一加以检点，有毛病的不能做商品，这就势必影响到装包发货的日期和数量。由于出门的货物数量不足，订货却纷纷涌来，所以喜助整天忙得不亦乐乎。

玉枝要给工匠们端茶送水；工匠们吃自家带的饭时，她还要热一点酱汤送去；此外，竹丛的整修也是玉枝的事；手里得闲的时候，还得到正屋里去登记账目。这些是玉枝一天的主要工作，作坊也就越来越少去了。

玉枝的脸色一天比一天坏，脸颊和眼睑都浮肿了。到了作坊里，在众工匠面前，她也多半是下意识地低垂着脑袋的。

"喜助哥，"老工匠大四郎目送着玉枝的背影从门口往正屋那边消失后，说道，"大嫂子有喜了吗？脸色很不好哪。"

喜助放下打磨竹偶的木贼，瞪了一眼大四郎。喜助想，玉枝不可能怀孕，自从她从芦原来到竹神村，至今不曾与自己发生过一次肉体关系。但是大四郎的话使喜助猛然一惊。

"大四郎哥，你是那么认为的吗？"喜助不快地瞪着大四郎。

"大嫂子嫁过来已有一年多了吧？肚里怀上了孩子，不是很正常吗？乡亲们一直都在盼望'什么时候有喜、什么时候有喜'呢！从大嫂子这种脸色来看，只能认为是怀有身孕了，喜助哥。"

喜助歪歪脑袋，微微报以一笑，说道："她是胃里有病。武生镇上的医生这么说了后，她就回来了。近来光是吃粥，所以有些浮肿，不是肚里有孩子。"

工匠们都用非常怀疑的目光注视着喜助，喜助那小脸上的两边脸颊浮现出不好意思的神情。

"如果有喜的话，那该多高兴呀……"喜助说着，低头继续干自己的活儿了。

乡亲们并不了解玉枝的底细，他们要是听到玉枝在芦原做过妓女，也许会大吃一惊呢！喜助曾听别人说过，妓女因为过度地劳累了身子，所以不会像一般人那样受孕。不管怎么说，既然没有发生肉体关系，当然就不会受孕。

喜助不能同意大四郎的说法，但毕竟也有点儿听进去了。傍晚，工匠们都回家去了之后，喜助回到正屋吃晚饭，这时试探玉枝道：

"你的脸色相当不好，大四郎说，玉枝姐也许是怀孕了吧……我听后，脸都红了。"

"……"

玉枝盯着喜助前倾的脸,没有做声。随后带着一种责问的口气说:"要是有个孩子就好了,喜助哥。如果是你的孩子,那该多好哪!"

玉枝用开玩笑的口吻说出了心里的真实想法。然而说过这话之后,她感到了良心的责备,不由低下头去。寂静的正屋里只有他们两个人,一种不舒服的沉默在寂静中飘过。喜助的侧脸看上去颇为尴尬,他神情沮丧。玉枝看着喜助的那张侧脸,感到了一股冲动,她真想把事情的真相坦白出来,以求从隐忍的痛苦中得到解脱。

隔了一会儿,玉枝说道:"喜助哥,京都的'兼德'欠我们不少款子呢。上次'兼德'有人来的时候,我把账本上的差额给他们看过。他们要求我们上门收款,像对其他批发店一样……你看怎么样,我去收款好不好?没多久就要过年了,冬令的补贴应该及早分发给工匠们。目前,上京都去这类事,我的身体完全可以胜任,我想趁着天气还没有大冷,到京都去收一次款。"

"……"

喜助猛地抬起头,直盯着玉枝的脸。由于盯的时间过久,反而使玉枝低下了头。玉枝说:

"去找'兼德'收款的时候,我想顺便了结一件夙愿——能不能让我上中书岛去一次?我的父母虽然都已不在人世,但是住在向岛的姑母尚在弁财天①前的'葛城楼'做事,我想去见见她,把我现在这么快乐的日子告诉她,你看行吗?"

喜助一声不响地沉思着。过了一会儿,他乐呵呵地笑了起来,说道:

"是嘛,'兼德'的欠款有那么多呀,应该去收款才对。向岛的姑母也是要去见见的,不过我陪你一起去,要比你一个人去好得多。我早就答应过你,带你上京都去,可我……事情这样忙,实在脱不开身,因为一定要早点把货送给名古屋的'甚六',送给大阪在福岛的批发店。"

"要不,索性把收款的事交给我来办吧。至少这一类事情,我还是会做的。至于你要陪我去京都的事,请放到明年

---

① 弁财天:日本人信奉的七福神之一,是司音乐、辩论、财富和智慧的女神。

春天之后吧。"

玉枝挖空心思想出了这一番话，恳求喜助同意。她说过后，忐忑不安地看着喜助，等待答话。喜助终于点点头，不放心地说："是吗？唔，那就这么办吧。不过，你的身体让我不放心哪！"

"不要紧的。两三天的旅程，没问题的。这笔款子倒是要紧事儿，我想趁早把事情办妥之后就回来。"

事情进行得很顺利，玉枝的心里落下了一块大石头。但是，一个念头忽然闪过脑际：在京都没法动手术的话，今后可能就永远见不着喜助了。一层阴影笼上她心头。届时，玉枝就光把收来的款子寄到竹神村，而她本人必须到什么地方去隐姓埋名了。然而，不管怎么说，玉枝很希望手术成功后再回到喜助家来。她想帮助喜助，让竹偶制作师喜助的名声传扬世间。

玉枝说服了喜助后，离开竹神村是在十二月十五日。那天，天气寒冷，朔风猛吹，还夹着小雪。玉枝穿着一件竖纹的夹衣，下面是藏青色的劳动裙裤，把饰有花边的斗篷裹住脸，由喜助送出竹神村的家门。途中，玉枝在广濑村的邮局里偷偷取出了自己的存款。

这笔钱是玉枝在芦原时攒下来的,她要用来支付京都医生的医疗费。玉枝实在不愿意为了处置这个不慎怀上的孩子,去动用灌注着喜助心血的卖竹偶得来的钱,哪怕是暂时借用一下也于心不安。玉枝从邮局出来后,坐上了早已等着她的广濑村的马车。

十四

前面已经说过,京都的玩偶批发店"兼德"开在中京区的姊小路大街往室町去的地方。这一带是洗染店、绸布批发店集中的地区,有很多柱高梁粗的大房子。绸布店的店面最为宽大,每家商店都挂着粗体大字的店名招牌,磨砂玻璃的大门都关着,但是透过玻璃,从街上也能看到铺着席子的店堂。店里陈设着花式新颖的友禅绸,布置得很漂亮;还可以看到放有何止几百根腰带的货架子;身体微微前倾的管家和学徒正进进出出地忙得不亦乐乎。店前停着几辆自行车,所以街道显得有些狭窄,但洋溢着活力。玩偶批发店"兼德"正是夹在这些绸布店中间设店营业。

"兼德"这家大商店,是关西有名的老字号,所以显得有些陈旧，但它也有高柱粗梁的大屋顶，面街的两层楼房虽然显得低些，但越往里去，屋顶就越宽越大，有泥灰墙的仓库，还有相当大的内院。店门前和绸布店并没什么两样，但推开写有"兼德"两个金字的玻璃大门，就是一间三十铺席大的宽敞店堂，靠墙摆放着漂亮的玩偶箱和数不清的玩偶。

十二月十五日的傍晚，玉枝跨进这家商店的门槛。一个剃光头的学徒前来照应，他听玉枝说"是从越前的竹神村来的"，马上走进里面去了。没一会儿，忠平从发暗的账房间里探出头来张望。看到这张前额偏窄、长着皱纹的脸，玉枝感到定心不少。这时，坐长途火车引起的疲劳感出来了，玉枝觉得很孤独，又感到不可思议——这可憎可恨的忠平竟成了她自己的指望！

"好久不见。"玉枝的半边脸颊上露出酒窝，她说着低下了头。

"哦，真是难得，这么老远跑来，欢迎欢迎。"忠平说着皱起了眼角。

他请玉枝上里屋坐。中间的那屋是账房间。里屋是一间八铺席大的会客室，与账房间隔着一道格子门。从店堂的水泥地往里，经由中间的格子门就能到会客室。忠平迈着小步，弓着腰引玉枝向里走，并在房门口脱下了木屐。进入屋里，忠平命学徒端茶。玉枝看着学徒退下后，开口说道：

"我是来结清今年的账目的，好把欠款收回去。接下来，我还有点儿事想拜托忠平先生……不知可以吗？"

刹那之间，忠平的脸上浮现出惊喜、狡狯的神色。他那特有的嘶哑嗓音，仿佛是从耳朵下发出来的：

"结账的事，账房早已准备好了恭候着呢。我们已经安排了，随时都可以结清欠款，照付不误。至于您郑重其事要我帮忙的事，又是什么事呢……"

忠平目光炯炯地射向玉枝，他直勾勾地盯着玉枝那两颊瘦削、憔悴不堪的面容。

"园子姐，"忠平称呼玉枝在岛原时候的名字，"你瘦得可厉害哪！身上准是有病吧？"

听得出来，这个中年男子的措辞很狡狯。从话音里依稀可以看到他的另一张脸——在竹神村那间正屋里的火炉边，一张形象鲜明的禽兽的脸。当时发生的事情怎么能忘得了！玉枝两眼直盯着忠平的脸，问道：

"这里不方便,实在没法说。不知您今晚什么时候可以有空?"

"我七点钟可以把账目核算完。有事的话,也可以委托给学徒,那样的话,六点钟就能有空了。"忠平咕嘟一声咽了口唾沫,然后轻声问玉枝,"园子姐,您今晚住在哪里?"

"还没有决定住在哪里。"玉枝老老实实地回答。

事实上,玉枝到达京都火车站后,便立即坐市内电车到了"兼德"。趁着天还没黑,她想,首先得办理收款子的事。要办的事情办妥后,她才着手有关自己身子的这第二件事。不,应该说这第二件事才是玉枝要办的重大事情。

"那么,这样好不好,我知道一家旅社,在中京区的押小路……那里有独立在外的房间,很清静。从各地来的玩偶师傅也常在那里下榻。"忠平说。

玉枝忽然想道:能得到忠平的帮助,在押小路的那家旅店住下来固然是好,但听忠平说,从各地来京都的玩偶师傅都集中住在那里,那么不知哪天喜助也会在那儿住下的。如果医生真肯替自己动手术,我就一定得在旅社睡一两天的呀。玉枝这么仔细一盘算,觉得还是找一处没有人知道的旅社更为方便。

"忠平先生,"玉枝说,"我不需要那么阔气的旅社,什么地方有更小一些的旅店吗?哪里都行,玩偶师傅过多集中的旅社,我很不喜欢,感到不舒服。有没有熟识的小旅店?"

忠平眍进去的眼睛睁大了。随即,他又眯起眼睛,露出好色的笑容,歪着脑袋想了想,说道:

"那种地方呀,多得很。园子姐,我来帮你……"忠平的说话声越来越低,"我来替你办好吗?"

"嗯,在什么地方都可以的。"玉枝回答。

玉枝想,到了忠平替自己找的旅店后,无论如何也要把受孕的事向他说清楚。那时,这个男人将会有一副什么表情呢?!玉枝真想早点上旅店去等忠平。

玉枝从"兼德"的账房间取得喜助这一年应收取的六十二元货款后,离店而去。这时已经过了五点钟。

忠平给位于堀川①畔一家名叫"种安"的旅馆打电话,

---

① 堀川:流经京都的一条河流。

联系好之后，给玉枝画了个位置图，说明了旅馆的所在地。玉枝从未去过堀川畔的中立卖那一带，可是她在岛原住过，心中大体上是有数的。她由室町大街走到缓缓地流着黑色河水的堀川边，然后乘上电车。这是一种老式的小型电车，活像木制玩具，人们称之为"当当车"。玉枝沿着筑有石垣的堀川河堤，笃笃笃地蹒跚而行，一边不时回头看看映在晚霞中的二条城的城楼，不一会儿到达了中立卖。被染料所污染的堀川，到这里还是满川污水地继续向前流去。电车在此拐了个九十度的弯。玉枝在河边的站头下了车，根据忠平画的地图向东走去。于是看到了围有黑色板墙的"种安旅馆"。

看来，这是一家安安静静的旅馆，玉枝松了口气。老实说，玉枝就希望找一处安安静静的旅馆，谁也发现不了她。至于忠平怎么会熟悉街上有这样一家安静的旅馆，玉枝感到奇怪，但又无意追究，旅馆安静的环境已使她放下心来。

玉枝顺着洒过水的石板道走到大门前，门是开着的，一个三十五六岁的胖女人屈膝相迎，内衣的红色领子外露。

"您是从'兼德'来的啰？我们接到电话了。"

胖女人说着，引导玉枝一直向里走。门口虽然一点气派没有，显得比较局促，但是到里面一看，进深竟相当可观。正屋和看上去是独立的内宅之间隔有庭院，还有干涸了的水池和花岗岩灯笼。从狭窄陈旧的走廊上走过时，地板嘎吱嘎吱作响。

"'兼德'常有客人上这儿来住吗？"玉枝问这位女仆。

"嗯，"女仆回了一个白眼，她的单眼皮都要鼓出来了，"大管家是常来的。"

玉枝听从女仆的安排，去洗了澡。她在浴衣外面套上一件棉的便袍，到屋里一坐下，顿时感到十分疲劳。在收款的任务未完成之前，玉枝一直很紧张。想到这件事现在已经完成，她感到很轻松。但是一想到接下来要为那件棘手的事进行交涉，她感到身心越发的疲惫了。

女仆始终不送饭来，可能是忠平在电话里要旅馆那么做的。七点钟的时候，走廊上传来急促的脚步声。拉门打开了，忠平突然鬼头鬼脑地探进头来，那矮小的身体随后就挤进来了。他身穿进口细条纹布做的衣服，系一条灰色带条纹的腰带，一进屋就笑嘻嘻地对玉枝说：

"让你久等了。有许多事不办好就不能离开店，所以拖到现在才来，请原谅。"

忠平的嘴角浮起谄媚的奸笑，他见女仆从后面端茶进来，便换了一种语气，责骂似的呵斥道："喂，快送晚饭来！"

看来忠平同这家旅馆相当熟，女仆受到忠平粗声粗气的呵斥也不在乎，笑吟吟地问道："要不要送酒来？"

"好，那就送一瓶来吧，表表心意。"

忠平盘腿而坐，他和玉枝之间隔着一张紫檀木做的小桌。女仆退下后，忠平伸出胳膊说：

"园子姐，这家旅馆安静舒适。晚饭送来后，我就回去，你好好休息。"

"哎，谢谢。"

对于忠平这种毫不见外的态度，玉枝从心底里感到十分厌恶，但是想到接下来就要同忠平商谈堕胎的事，当然不能表现得太露骨。过了一会儿，女仆端来了酒壶，放上几盘菜肴。

玉枝说道："我有事想麻烦忠平先生。"

忠平睁大着眼睛，拿起的酒壶也停住不动了。"什么事呀？麻烦我？来，来，先喝一杯。"忠平说着将酒杯往玉枝手上递。

玉枝只好接过酒杯搁在桌上，然后鼓起勇气启口说道："忠平先生，我、我怀孕了哪。先前在店里时，你说我脸色不好，我那时没法回答就是为了这个原因呀。肚里的孩子已经有六个月了。"

"哦？"忠平啜了口酒，声音有些吃惊，"那么，我该向你祝贺了。"

"这件事呀，忠平先生，没有丝毫可庆贺的。我肚里的孩子是你的哪！"

"……"

忠平听了玉枝的话，毛茸茸的手指颤抖了。他手里擎着酒杯，瞪眼看着玉枝，不过立刻就歪歪嘴角，露出奇特的笑容。

"说到哪里去了，你在开玩笑吧，"忠平把手举到鼻尖前，挥了两三下，"你说是我的孩子……荒唐！玉枝姐……我，我只同你睡过一次，难道……"

"……"

玉枝收起下颚，盯着忠平，血气上涌。

"我只同你睡过一次呀！可你不是喜助的老婆吗？你肚里留着的孩子是喜助的种嘛，你却在胡说些什么！谁会相信你的话呢？"忠平说道。

"忠平先生，"玉枝觉得有一股热流在很快地涌向头部，她竭力压抑着，"我同喜助，没有在一起睡过一次！我嫁到竹神村之后，同过床的男人，只有忠平先生你一个哪！我这么说，你是不会相信的啰，可是……忠平先生，这却是真的呀！除了你，我没有与任何人同过床。"

忠平的脸色变了，与其说这是因为他感到玉枝的话里含有真实的成分，倒不如说是因为他感到自己被逼入了穷巷。忠平收回凹形的下颚，凝视着玉枝泪汪汪的眼睛，他想了又想，然后说道：

"玉枝姐，你说你没有与喜助同过床……这种话谁会相信呀！不过，唔，这是什么道理呢？哎，你说是我的孩子，你有什么证据吗？"

"证据……我是女人，当然最清楚不过了。我同你发生那种关系是六月底的事，就是在你第一次来我们家买竹偶的时候。我的月事不来了,当时我也觉得有些奇怪。不过,自己从前在那种地方卖笑,身体难免……我以为绝不会出事的,也就放下心来。后来,我的胸部发胀了,吃饭也没味了,做点事就觉得下半身乏得厉害。我想,非得找医生检查一下不可,便到武生镇上去了一次。你知道怎么了?医生说,这是怀孕,已经有三个多月了。还说胎儿很健康,正在我的肚里睡觉呢。我大吃一惊。嫁到喜助家中来之后,我同喜助没有同床过一次,出了这种事怎么向喜助交代呢!一直到今天,我都感到很痛苦,夜里上床后,我就不停地想着:怎么办?该如何是好?忠平先生,请你相信我的话,我来找你,一点没有要你承担责任的意思。我在芦原卖笑的时候攒下了一些钱,这钱的事,我没对喜助说过,我想留待万一有所需的时候使用,便把钱偷偷地存入邮局。这次,我取出了这笔钱,带到这儿来了。忠平先生,你能不能领我到什么地方找位医生把胎儿打下来?京都有很多医生,我想麻烦你帮帮忙,替我介绍一位。我就是为了这件事,特意来恳求你的,务必请你答应我的请求。"

玉枝的泪水夺眶而出,眼下泪痕纵横。忠平拉长了耳朵屏息静听，一句话也没有，只是发呆似的瞅着玉枝。

"这个女人究竟在说些什么呀！"忠平这么想。他不知所措，又是惊奇又是轻蔑，直盯着玉枝看。突然，忠平气上心来。

怎么有如此荒唐的事！一个有夫之妇竟然来找只有过一次肉体关系的男子，哭泣着对男方说："肚里的孩子是你的，把胎儿打掉吧……"即使玉枝说的是真话，可哪个男人会信以为真呢？要是相信，非被人笑话不可。

此外，忠平的心底里还有另一种恐惧感——打胎的犯罪意识。就在上个月，上京区某人家的女仆打下了一个五个月大的胎儿，是私生子，所以弄到竹丛里去埋掉了。此事遭到披露之后，她成了刑事犯。私通当然有罪，但打胎的罪更大。这事在报纸上登载过，别说是忠平，连京都的一般市民看了报上的消息，脸色都发白了。大家可是不久前才对打胎一事加深了认识呀！

"答应她的要求，那就不得了了！"忠平的脑子里不由得闪过一些念头，"即使出于同情，去麻烦医生帮帮忙，但是胎儿的父亲不出面表示同意的话，医生也不会动手做手术的。可为什么我就非得以胎儿父亲的身份出面呢？不过就那么一次过错呀。这样就要我代替她丈夫出面，这事不能干……"

看着眼前不断抽泣、哀求着的玉枝，忠平的心中又生出一种后悔莫及的情绪——自己怎么会去和这个荒唐的女人胡搞呢！说不定玉枝确实没同竹偶师傅喜助同枕共衾过。第一次与那个小脸、眼睛阴郁下眍的越前竹偶师傅见面时，忠平看着眼前不满五尺的矮子，心里吓了一跳，他甚至认为这是一个畸形的人。忠平记得，四条的美术商鲛岛市次郎将这一情况告诉兄弟——"兼德"的老板时，也是用了饶有兴趣的口气。市次郎当时是这么说的：

"一个矮小的男人，简直和孩子差不多，但是他会做非常出色的竹偶。还有，这个竹偶师傅的妻子漂亮极了，我在竹丛中遇见她时，看到那张白皙的脸蛋，真以为她是竹神、竹灵呢……"

忠平出差到竹神村，做梦也不会想到这个竹偶师傅的妻子就是岛原的园子。然而她的的确确是园子！站在眼前的园子生气勃勃、丰润娇艳，比从前更美，使他觉得十多年的岁月已经无情地消逝了。忠平是为了与竹偶师傅喜助接洽买卖上的事情而偶然来此的,却见园子做了喜助的妻子……他见喜助不在家,心中暗喜,不由得欲火中烧,迫向园子。园子也情欲升起,便像从前那样颤抖着丰满的身体,抱住了忠平。忠平的心里觉得奇怪:她怎么会嫁给那样一个长相畸形的竹偶师傅呢?至于她为什么会对忠平以身相委,忠平是至今还觉得不可思议。

"也许玉枝的确没有和喜助发生过肉体关系,所以就委身于我了。这么说来,就那么一次,她就受孕了……"忠平这么想。

如果事实的确如此,忠平只有自认倒霉。她嫁过来以前当过妓女,现在竟然使她受孕了——这怎么叫人相信呢?

"这叫我怎么办呢?"忠平叹了口气,望着玉枝。玉枝的脸颊湿漉漉的,但她擦也没擦一下就说道:

"请你相信我的话,忠平先生。我不知有过多少次想一死了之。我也想去武生或鲭江一带找医生帮忙,无奈没有熟人;越前又是个弹丸之地,村里人马上就会发现问题的;而京都的医生多,我又可以在京都拜托你替我找一个合适的地方,这总不会办不到吧……于是我就到京都来了。"

"话是这么说……但是产婆也好,医生也好,我都不熟识哪,"忠平翘起嘴巴,以无可奈何的口吻说,"我至今还是独身一人,既没有娶过老婆,也没有让女人受过孕……所以这事拜托我,我也毫无办法,完全不得要领。"

玉枝听忠平的话里有溜走的打算,便缠住不放地说:"忠平先生,你是不相信我说的话啰?我嫁到竹神村之后确实就只和你同床了那么一次。那天见到你,我确实也感到有些亲切,但是绝没有想到你突然那么猴急地干起那种事。我本可以再加把劲,用力把你踢开,那就不会有今天这种事了。不过说实话,当时我自己也有所动。我和丈夫没有同过一次床,而长期以来,我是干妓女这一行当的,所以突然产生了一种寂寞感。我虽然觉得不应该任你摆布,但我的身体却与我的心背道而驰,燃起了情欲。忠平先生,我是一个坏女人,因此才有这种报应……"

玉枝竭力想叫对方相信自己的话,苦苦哀求着。她把胳膊支在桌面上,甩了甩稍稍蓬乱的头发。

玉枝泪汪汪的眼睛充血了,眼皮微微泛着桃红色,脸颊深深下陷，完全不是昔日的容貌了。她不时抽动着濡湿的脸颊，头发散发出来的香气把忠平带回到半年前在竹神村的那间昏暗的屋里，使他仿佛置身在那屋里的炉边，还听见了柴禾在炉中噼啪噼啪燃烧的声音。现在，这个好色的单身汉心里又燃起了情欲。

"这女人真是个傻子。嫁了个丈夫，却不同床；与人私通了一次就怀孕了，还要来恳求把胎儿打掉，真是个傻子……"

忠平这么一想，忽然觉得玉枝这个他人的妻子实在是个白痴。他萌生出一个念头：既然是个傻子，何不随心所欲地再玩弄一次呢！

"园子姐，"忠平眯起眼睛，声音发哑，"全明白了，我想想办法就是。你上这儿来。"

忠平把桌子移到一边，突然来拽玉枝那白皙的胳膊。他搂着玉枝青筋外露的脸，往自己敞开着的进口细条纹布做的夹衣胸襟处拖。玉枝屏息无言，睁着湿润的眼睛仰望着忠平。

"京都的医生多得很，我明天一早就去找找看，虽说结果如何尚不可知，但我一定尽力而为，你放心就是。只要有钱，会找到一流的打胎医生的，你放心。这种世道，有钱能使鬼推磨。"忠平把胡子拉碴的脸，盖到玉枝濡湿的泪脸上，轻声细语地说，"我这个人呀，非常喜欢你。自从在竹神村相见之后，我没有一天忘记过你……"

忠平的说话声忽然温存起来，脸也在一点点靠上来。玉枝呆愣愣地仰望着忠平，忽然，她那发愣的眼睛闪烁出了光芒，她心想：

"忠平会尽力帮忙的，我肚里的孩子能打掉……"

玉枝这么一思量，喜从中来，感到定心不少。忠平便搂紧玉枝的身体，一只手像剥竹皮似的掀起竖条纹的便袍底襟。

"明天，哪怕走断了腿，我也要跑遍全京都寻找产婆，喔，园子姐，你放心。"

忠平喘着粗气，仿佛闻到了胎儿的气息。玉枝的腹部微微鼓起，但忠平被情欲所驱使，还是不顾一切地压到玉枝的肚子上。

"我喜欢你，我太喜欢你了，园子，我非常喜欢你。"

玉枝的眼泪夺眶而出，她听天由命地闭上了眼睛。"兼德"的大管家把满是胡子的脸，在玉枝的脸蛋上不停地擦来擦去。

十五

这一夜，玉枝也许是成了白痴。她不能看穿这个狡狯的四十岁男人的真正用意，疲惫不堪的重身子被忠平玩弄也没有什么反应。听到女仆的脚步声，忠平忽地推开玉枝。女仆拿来的食物，他碰都没碰一下，说好明天去找医生后，就急匆匆地回去了。玉枝目送着忠平的背影，指望能抓到可以攀附的活命稻草。

打开拉门，隔壁房间里铺着床。玉枝步子蹒跚地走进卧室，躺下身子休息，但是头脑里却装满了明天动手术的事，感到很兴奋，无法入眠。

玉枝的眼前浮现出竹丛众多的竹神村的全景。这个时候，喜助说不定正在作坊里拿着竹钻干活；工匠们已经各自回家；工钱和过年的年货钱一定要发给工匠们才行，而我玉枝就是为了筹措这笔钱才到京都来收款的；喜助在盼着我玉枝早一天带着钱回去，一定是等得十分心焦了。玉枝的眼前浮现出喜助专心致志工作时的侧脸：他像猫一样弓着脊背，用木贼打磨着竹偶。这使玉枝觉得，一定要赶快打掉胎儿，尽早回竹神村去。她心想：

"喜助和忠平不一样，喜助是把我当作母亲来爱慕的，他从不追求我的肉体，而是要得到我的心。我不在他身边，他也许会发狂的。我无论如何得把肚里的孩子处理掉，一定要尽早回到竹神村去……"

玉枝躺在被窝里，睁着眼睛，直到濡湿的脸颊都干了。深夜，市内电车的声音已经听不到，堀川的流水声越来越响地传到枕边，这时她才总算睡着了。

第二天，玉枝一大清早就起床了。昨晚的那个胖女仆端来了早点，玉枝便独自进餐，味同嚼蜡。她等待着忠平的回音，然而，时近正午依旧没有消息来，她越来越不安了。

十二点稍过一些的时候，来了电话。女仆来告诉玉枝"请你听电话"，玉枝取下壁龛处的听筒，贴上耳朵一听，是忠平那嘶哑的嗓音。

"园子姐吗？是我哪。昨夜真对不起。"忠平客气地说道，仿佛在电话的那一边彬彬有礼地鞠着躬。

"那个……"忠平没有讲下去，沉默了好一会儿。

"你找到合适的医生了吗？忠平先生？"玉枝急不可耐地问道。于是听到忠平的声音冲着耳膜送了过来：

"我呢，从早晨起已试找过三家医生了，是啊，都不想染指哪。昨晚我忘记告诉你了，前不久，报上登过一段关于打胎的新闻，说是在上京区，在煤气公司的董事家中，一个女仆肚里怀上了董事的孩子……他们把胎儿埋到竹丛里，帮忙的产婆被警察抓去，吃了大苦头……刚刚判了罪呢。所以眼下全京都的医生对这种事都十分敏感，谁也不想染指这类麻烦事。"

"……"玉枝大声咽了口唾沫，"那么……忠平先生，你就这样甩手不管啰？昨晚一口答应的诺言怎么交代呢？"

"这个嘛，我本想一定千方百计……所以方才我还走了两家有点苗头的产婆呢！"

"结果呢？"

"是这样的，园子姐，还是不行啊。这本来就有点勉强哪！产婆的意思是：对于不知父亲是谁的胎儿，绝不受理打胎的事。说,'你如果有胎儿父亲的证明,事情还可以商量,但是听你说孕妇有着合法的丈夫……而孕妇偏偏说肚里的孩子不是她丈夫的……就凭这种胡闹的理由来要求打胎,那怎么行呢……很明显,这是要吃官司的,可怕,瞎胡闹……'所以没有人肯受理。"

忠平的措辞越来越不客气了,他说:

"看来,园子姐,你这次来京都要求我的事,毕竟有点过分了。我从今天早晨起就在想主意,你看这样行不行:若要打胎,那就非取得喜助的证明不可。你今天回越前去,向喜助说清缘由,设法取到证明后再上京都来,你看怎么样?只要有了你丈夫的证明,可以找找门路,商量处理的办法……产婆是这么说的。这样好像妥当一些,你说对不对?"

玉枝感到自己的眼前一片漆黑。

如果能够去同喜助商量这件事,又何必要不顾羞耻地跑到这种地方来苦苦哀求呢?!

"忠平先生,"玉枝将听筒贴着耳朵说,"我绝不会就这样回越前去的。要是肚里的孩子不能得到处理,我再也不回越前去了。从'兼德'收来的款子，我就拜托你了，请你转交到越前去。喜助肯定要给工匠们分发工资，分发置办年货的钱，他正等着这笔钱呢！打胎的事，我自己再另想办法，我是不回越前的。这笔款子的事至少可以拜托你帮忙了吧！"

"……"

忠平没有吱声。玉枝仿佛看到了忠平的那张脸，她随即说道："忠平先生，这件小事总可以拜托你帮忙啰！"

"不过，"忠平的嘴巴稍稍离开电话听筒，"由我把钱转交过去，这不叫人纳闷吗？'兼德'已经把钱付给你了，你也已经签收了。我却把钱再度取回，汇往越前，这不是叫别人莫名其妙吗？就是托人送去，也说不出口，讲不出理由呀。眼下呢，也实在没人能到那么远的越前去走一趟。再说款子的数目不少，交给不熟悉的人送去，万一携款潜逃的话岂不坏事？园子姐，我看哪，还是你自己带了钱回去为好。这笔钱是喜助呕心沥血制作竹偶赚来的，非同小可，你说是吗？把这样的钱托外人送回去，不稳妥吧……还是非得你亲自带回去才行。像这种不明不白的事，我是碍难遵命的。"

忠平的这番说法也有其道理，可是玉枝觉得，现在被他滑脚溜走的话，自己更不知如何是好啦。

"是吗？"

玉枝拿着电话听筒在思索——忠平是在哪里打这个电话的呀？话筒里传来电车开过的声音嘛。难道是在通有电车的街上找了一个公用电话往这儿打的吗？玉枝总觉得忠平是在弄虚作假，她越来越清楚自己是多么可悲。玉枝仿佛被人击倒在地，已经有气无力了，她恍恍惚惚地挂上了电话听筒。

玉枝心里想："如今，只有去央求向岛的姑妈试试看了。忠平毕竟是外人，而姑妈总归是亲戚，说不定她会念骨肉亲情，答应我的要求的。我得离开旅馆，及早到向岛的姑妈那里去试试看。"

玉枝像找到了留在心底的最后一座靠山，着手整理行装，准备动身。她把住宿费付给一个粗脖子、皮肤微黑的女仆。玉枝从"种安"那围有黑色板墙的门里出来时，已经一点多了。

玉枝用一块富士绸的包袱皮包起随身用品，夹在腋下，乘上了市内电车。午后的市内电车比较空，玉枝在一个空座位上坐下后，脑子里出现了忠平在"种安"的房间里挑逗她的那副样子，还浮现出拉门里间铺着的红色花纹的脏被子。难道是忠平事先安排好的？事到如今，玉枝才明白了忠平的险恶用心，心中的憎恨在燃烧，比以往更强烈。

"我是傻瓜，我上当了……"

玉枝望着车窗外的二条城，护城河上有棱角分明的石头城墙，天空已被煤烟熏黑，城上的白色望楼耸立在上下一片的灰黑色中，分外醒目。城的南面是鳞次栉比的黑瓦屋顶，玉枝从前待过的岛原妓院就在那个方向。玉枝将脸探出车外，一直眺望着这一切。突然，她感到腹部隐隐作痛，不由得用手捂住了肚子。

"肚里的胎儿生气了……"对玉枝来说，这个还十分陌生的胎儿竟在肚子里动弹，使她的脸色顿时苍白起来。随着电车的震动，玉枝的肚子也痛得更厉害了。

"你的父亲是一个坏蛋，他欺骗我，玩弄我，打一个电话就可以背信弃义……"玉枝同动弹的胎儿喃喃而语，她对忠平是否一早就去寻访医生的事打了个大问号。不过，通过电话，玉枝也大致明白了忠平认为打胎行不通的道理。

由于上京区发生的女仆堕胎事件在报纸上刚刚引起过轰动，所以现在不是时候。当然，只要不辞劳苦把全京都大街小巷的医生都探访到，总会有个把医生肯帮忙的吧。忠平是在什么地方一碰壁就撒手不管了。

"我去求向岛的姑妈试试，姑妈在中书岛干引荐婆这一行，是在妓女区做事，她也许熟悉这方面的帮手……"

玉枝这么一想，眼前出现了姑母的面影——微微上斜的丹凤眼，笑的时候乐呵呵地眯缝着细眼，下巴有点尖。玉枝同姑母相别已有十年，自从分别之后，没再见过面，这姑母如今是玉枝唯一的亲人了。

快要在京都车站下车的时候，玉枝的下腹部每隔五分钟就绞痛一次。

"胎儿想破肚而出了，胎儿想破肚而出了……"一种无处发泄的怒火和后悔压得玉枝透不过气来，她就这样下了市内电车。

十六

伏见的中书岛是京都南面的一家由来已久的妓院所在地。辟有第十六师团深草练兵场的伏见町，面向淀平原，往南开辟成一块平地，不过顾名思义，有妓院的中书岛却是靠近河边的。

中书岛真像一个岛似的孤立着，那条河的名字叫宇治川，它从观月桥下流过，朝南而去，水流相当急，但是近中书岛的那一段水流却是缓慢的。它汇合了湖汊和几条支流的河水，流向淀川，也就是说，靠近这个汇合处的沙洲便是中书岛的妓院所在地。

这个原先是花街柳巷的地方之所以会繁荣成为一个城镇，是因为附近有酿酒批发店的职工及酿酒工人。从前，往三栖的湖汊行驶的船只有着一个特点，即船上乘有附近一带的年轻嫖客。城镇是沿湖汊展开的，而这湖汊是一条人工河，本为接纳从宇治川来的装运酿酒原料——大米的船只。人工河的两岸，是窗口都可以一目了然的妓楼。那些妓楼沿着这条细长的水道，鳞次栉比地伸延，从河中可以看清二层楼上的栏杆，大的妓楼可拥有妓女三十名左右。大大小小的妓楼约有两百多幢，楼檐并排着伸向河面，仿佛在河上遮起了伞盖。最为罕见的是，每一幢妓楼都有伸向河水的小栈桥，以便把乘船来的狎客引进屋来。

从东柳镇沿人工河而来，有一处叫三栖向岛的地方，那里有两家双重檐的饭店——以擅烹河鲜闻名的"网方"和"南鹤"。店内有为数不少的女招待，都是会跳舞、能弹三弦的艺伎，所以算得上是一个热闹的游乐场所。

玉枝的姑母佐木田门在大马路上弁财天神社旁的"葛城楼"当引荐婆。不言而喻，佐木田门这个引荐婆的职业就是拖住过路人，把他们荐入妓院。所以午后那一段时间，她当然还没有"上班"。从前，佐木田门住在河对面的向岛，她在向岛的一块地里盖有自己的住房，午后五点钟过后才离家"上班"，这已是老习惯了。玉枝觉得，现在去见姑妈，从时间上来说，还是应该去向岛。再说，这是商量打胎的事情，不宜有外人在场，自己总不能在"葛城楼"的店头和姑妈谈这种事情呀。

玉枝在京都站下电车时，由于腹部已不是隐隐作痛而是越痛越厉害，她便在候车室的长凳上坐了一会儿，减轻一些疼痛。当时玉枝心想："前天早晨离开越前，晚上到达京都，加上昨天夜里被忠平粗野地折腾了一阵，本来就精疲力竭的身体还要承受过分的压力，难怪要牵动胎儿了。"

一种从未经历过的疼痛使玉枝颇感不安，她觉得腹部像有锥子在扎，大约每间隔五分钟就绞痛一次。玉枝坐在长凳上，低头躬腰地一直忍耐着。然而玉枝无论如何一定要在佐木田门姑母从向岛的家中去"上班"之前赶到。当时车站的大钟已经敲了两下，玉枝便振作精神走过站前广场，乘上去中书岛的市内电车。

　　到达向岛的村子时起风了，时间已经三点过半。由于隔了这么些年，记忆淡薄，所以玉枝为寻找姑母的住房大费周折。

　　沿着宇治川畔的向岛村，星散在河堤下的农舍很多。其中虽不乏房子四周围有竹丛和杉树林子的大的农家，但基本上是铺着白铁皮屋顶的小农舍。佐木田门的住房也是这种小农舍。

　　佐木田门从折原家嫁过来，给佐木田家的次男——人力车夫佐木田勇二郎做媳妇，小两口子在距大家庭一町①来远的桑地里另立了一个小家庭。姑丈勇二郎五年前死了，年近

---

① 町：日本度量衡的长度单位，1町等于60间，约合109米。

六十的姑母佐木田门非得自食其力不可，便上中书岛找事干了。

玉枝眼前浮现出自己离开岛原时见到的姑母的样子，那次分手以后，玉枝就没有同姑母见过面。姑母比较势利，总以冷漠的眼神看待事物，这使玉枝有点儿担心，不过现在也顾不得许多了。玉枝只能认为，既然是亲人，当她明白了自己的苦难后，一定会鼎力相助的。从最坏处想，姑母也许会不留情面地断然拒绝，这使玉枝感到不安，然而玉枝也做好了准备，万一不能回竹神村去，那就只好恳求姑母让自己在家中产下孩子，然后再次去中书岛当妓女为生。既然不能回到喜助身边去，除此以外别无他法，不是吗？

玉枝边走边琢磨着往后的种种情况，心中满是愁云。但是要回竹神村去的想法依然很强烈。玉枝走过桑地，望见佐木田门家的屋顶时，这才舒了口气。远处的醍醐山① 时隐时现，田野一片土褐色，像荒野似的又平又宽的地面向着醍醐山脚朝前方铺展。玉枝走过的桑林，是一片只垂有零星枯桑

---

① 醍醐山：位于京都市伏见区东部，海拔450米。

叶的秃桑林。穿过桑地，玉枝展眼朝宇治川河堤外眺望，只见伏见镇星散着酒窖的房屋屋顶，像是黑墨化开了似的，沉没在对面的河堤下。

玉枝来到姑母家的门前，门关着。这是一所平房，白铁皮屋顶很低，屋檐也是扁平的。玉枝对着那些晾在屋子周围的萝卜、放有萝卜条的篮子望了一会儿，然后敲起门来。

"姑妈，姑妈！"

玉枝呼喊了好几次，但是没有人应答。她想打开门，也许门从里边闩上了，打不开。

"姑妈，是我，我是玉枝。"

玉枝叫着，还是没有回音。她看到夹在门上的信件还没人动过，这才明白屋里没人。高涨的情绪就像气球瘪掉那样顿时消失，玉枝仿佛瘫了似的，在门口最高的一块地方蹲了下来。

"姑妈，姑妈！"

玉枝呼叫着。这时，腹部忽然又痛起来了。玉枝一声不吭地忍受着疼痛，心里在考虑：就在这儿等吗？可是黄昏马上来临，妓院开始热闹的时候到了，不到天亮，姑母大概是不会回来的。

"我还是到中书岛去吧，去见姑妈。姑妈一定是在'葛城楼'……"

玉枝考虑再三，决定去一试——把姑母从"葛城楼"叫出来，约她到弁财天神社那一带商谈。于是玉枝又往回走，穿过那片满是秃枝桑树的桑地。

十七

由向岛上了宇治川河堤，往中书岛去，当是坐船方便。上了河堤后，有一个渡口。玉枝感到自己无论如何没法坚持到伏见的大桥边，便决定去渡口乘船。小时候，她曾多次与母亲一起乘渡船。由于腹部疼痛剧烈，玉枝花了不少时间才到达河堤。她走上这可以望见渡口、满是枯草的河堤时，天已经开始发暗了。面向大桥的渡口处，一个游客也不见，河中的栈桥上缆着一艘日本式木船，只见一位上了年纪的船老大缠着包头布蹲在那里，两眼一直盯着河面。玉枝不知怎么来了勇气，从"之"字形的堤上小道走了下去。

这是一个小小的休息处，同从前一样，弹丸大的沙滩端头有一个亭子，亭内只有一张折凳，由于风雨所侵，木纹绽露在外。亭内此时也是空无一人。自从大桥建成后，这里就不大有人问津了吧。伸出在外的栈桥逼近水面，又低又旧，几乎马上就会被水漫过。渡船也是相当粗陋的。

"老大爷，"玉枝有点担心地招呼背对自己蹲着的老船家，"渡船什么时候开？请把我送到中书岛好吗？"

这位上了年纪的船家站了起来。玉枝一看，是个六十岁不到的人，剃平头，显得比较苍老。他的脸被太阳晒得黝黑，细眼圆脸，像个和善的长者。玉枝一下子觉得得救了，定定地仰望着老船家和善的脸。

"就你一个人吗？"这位老船家望了望玉枝。

"哎，就我一个。"

老船家深深地点了点头，快步迈向渡船，解起绕在栈桥船桩上的缆绳来。

"非常感谢。"她说。

玉枝战战兢兢地踏上因体重引起晃动的栈桥。她的白色袜套完全脏了；在竹神村新穿上的低齿木屐的襻儿上也积满了灰尘，一时间，玉枝感到非常不好意思。不过老船家默默无言地将船头靠过来了，这使玉枝感激不尽，她提起下摆跳上了渡船。船板上铺有席子，叠放着三只薄薄的棉坐垫，棉絮都吐出来了。

"你不垫上那东西吗？"老船家说。

"哎。"玉枝答应着。

老船家朝玉枝的腹部瞥了一眼，然后灵巧地用篙把船撑离渡口。

宇治川颇深，水流仿佛湍流似的流速很快。玉枝小时候就听人说过，除非技术娴熟的老船家，否则别指望渡过河去。玉枝觉得眼下的水流宛如碧海似的，泛着深蓝色向自己迫来。水珠溅打在船沿上，每撑一篙，船就左右倾斜一下。老船家大概生性寡言，他一味用劲把篙插向河底，使船前行，头也不回一个。老船家一直默默无语，在船到河心时，他忽然回过头来搭讪了。

"是回中书岛啰？"

"哎。"玉枝答道。

老船家又朝玉枝的腹部望了一眼，眼神既似怜悯又似轻蔑。不一会儿，玉枝感到老船家皱着的眼皮底下闪出了十分和蔼可亲的眼光，她不由绽开小嘴，嫣然一笑。

"到向岛去过了？"老船家问道。

"哎。"

老船家的宽肩膀上穿着打了补丁的紧身线衫，玉枝望着这位忠厚长者的背影，双手紧抓船舷，努力忍受着腹部的疼痛。突然，一阵绞痛朝下腹部袭来，玉枝把一只手按住腹部。船晃得更厉害了。

"喔，你怎么了？是肚子痛吗？"老船家直言问道，话里却含有亲切感。他停止撑篙了。

"哎。"玉枝回答。

突然，老船家的眼神闪烁了一下。原来，他看到玉枝的脸色变得苍白了，额上也渗出了虚汗。

"你怎么啦？很痛吗？嗯？很痛是吧？"老船家问。

玉枝觉得老船家的问话仿佛来自远处。这时，渡船随波浪的起伏，倾斜得更厉害了，在那一瞬间，玉枝感到下腹部的胎儿好像轱辘翻了一个身，落了下来。她不禁发出了叫声："噢！"疼痛在增强，玉枝用双手按住腹部，想努力忍耐，然而渡船的摇晃加上不能好好坐着，绞痛实在难以忍受。

玉枝"呵，呵，呵"地喘着气，直冒虚汗。忽然，玉枝觉得有一种滑腻腻、暖烘烘的东西像一条线似的顺着大腿向下流，她便躺下来，像一只虾似的曲着身子，拼命忍住疼痛。这时，下腹部好似有一大块东西朝大腿间坠下并开始动弹。玉枝伸手撑住船板，只见河水的颜色越来越深、越来越紫，河面也在一点点朝她逼上来。玉枝看着看着，失去了知觉。

在摇荡着的渡船上，玉枝听到了竹钻转动的声音。这是喜助弓着背在作坊的一角转动竹钻的声音。"吱咕、吱咕"的声音传到玉枝耳里，这可能是老船家摇橹的声音，他也许刚刚放下篙，换上了橹。玉枝面向黑糊糊的天空，两眼似乎看到了呈暗红色的竹神村。空中飘浮着一朵像花儿似的残云。玉枝觉得下腹部的疼痛在逐渐消除，只有温暖的血液发出咕咕的声音向外流淌，染透了玉枝的下半身，它在给玉枝催眠。

"喜助哥，喜助哥……"玉枝精神恍惚地叫着。

竹神村的竹丛被晚霞染成了橙色；在眼前倒映着醍醐山

影的宇治川河面上,竹丛与呈扇形展开着的广阔天空重合在一起了。

"喔,你醒过来了。"

玉枝听到这声音,睁眼一看,是和善的老船家正微笑着把他那张满是皱纹的脸凑上前来。

船不知什么时候已离开河心,停泊在风平浪静的岸边。冷风吹动着玉枝衣服的下摆,她开始苏醒过来。

"你醒了?这就好了,这就好了。"玉枝听到了老船家温和的说话声,"胎儿掉下来了,胎儿已经不在你身上了。哎,你瞧瞧吧,多美的流水。你刚才就是坐在这里的哪。"

老船家手拿舀子,一次又一次地朝船板上泼水,然后再把积水舀出船外。船底黏着滑腻腻的血迹,老船家一边用扎着稻草束的竹子洗刷,一边往外舀水,他的手上也溅有腥膻的血迹。

"胎儿流进河里了,谁也没有过错,是孩子自己与这个世界无缘。你现在回中书岛就是。"老船家说。

"……"

"是孩子没有缘分。接下来你还得干活儿吧。"

老船家的话渗透进了可怜的玉枝的心窝，这温存的声音如同丝绵包住了玉枝的耳郭。玉枝的眼角湿润了，她一动不动地望着老船家。

舀出船外的水与河中的水流合二为一，河水渐渐地使河面染上了橙色。

"胎儿流进河里去了……"玉枝的心里这么想。

眼前，染红宇治川河水的血色宛如染透醍醐山顶峰的残阳，使玉枝目不旁离。

"老大爷，我要回越前去了。我在越前当过妓女，这次来探望在中书岛当引荐婆的姑母，本想能依靠姑母把我肚里的胎儿处置掉，现在正要去找姑母。我……我……正巧在老大爷的渡船上发生了这种事情……给老大爷添了这么大的麻烦，恳请你老人家多多包涵。"

"……"

老船家放下舀子，望着玉枝濡湿的脸庞，微笑着擦擦汗，然后向玉枝投以更亲切的目光，说道：

"那么，这是不谋而合了……我原来也想过让你把孩子看上一眼，但考虑到被人看到就不得了，便自作主张，立刻把孩子丢进河里了。谁也不知道，谁也没见到，宇治川的水流相当急，把你的孩子冲向远处的大海了。"

老船家一再地眨着眼，脸上依然笑眯眯的。

玉枝把手放在船板上，垂下了头。"这番恩情，永世不忘。老大爷，请你把船往回摇吧。要是船到中书岛后，被人看见这些血迹斑斑的衣服，会大起哄的。十分抱歉，我要回向岛的姑母家去，麻烦你把船再摇回去。"

老船家直盯着苦苦哀求着的玉枝，终于深深地点了点头，拿起了竹篙。

宇治川到了西岸的南伏见这个地方，就进入三栖湖汊。与流速湍急的宇治川这条主流相比，这湖汊可谓波平如镜。这时，湖汊的水面活像远处的大海，映现着夕阳如血的天空，波光粼粼，仿佛撒出了无数的玻璃屑。老船家灵巧地插着竹篙，迅速地使船头朝向岛进发。

"老大爷，我忘不了您的恩情。"玉枝说。

在冷风中，玉枝手捏又冷又湿的衣服下摆，两耳倾听着老船家的摇橹声。渡船在宇治川上穿行，溅起红色的飞沫。

"哎！上我的小屋里去，我给你生堆火。你的身子受了风寒啦。"

老船家说着，把橹摇得更快了。

十八

玉枝回到越前武生的竹神村，已经是十二月十七日的傍晚，是她离家后的第三天。由于活儿已经干完，喜助的作坊里一个工匠也没有。喜助走进正屋，坐到没有玉枝在场的炉旁，挂上水壶，烧起劈柴，手里在干打通竹节的活儿。

所谓打通竹节，就是把孟宗竹的竹节戳通。用一根尖头的硬铁棒插入竹筒中，在不伤着竹身的情况下，嗵嗵嗵地使劲打通筒中的竹节，然后在一根矢竹的前端缠上鲨鱼皮，把竹节磨平滑。喜助不时捅一下蔫了火的柴禾，在给堆积在身旁的竹子打通竹节，他心里却一直期待着：上京都去的玉枝今晚也许要回来了吧！

上"兼德"去收款，理该马上可以解决的。即使玉枝顺便从姊小路的室町往向岛看看姑母，留下住一宿的话，现在也应该回来了。喜助在想：如果玉枝没有忘了这个家，今晚一定会回来的。正在这个时候,渐渐发暗的大门在昏黑的天色中打开了。

"我回来了!"有声音传来。

喜助急忙把手中的鲨鱼皮竹棍往炉边一扔,欣喜万分地站起身来。

"回来了?"喜助奔下土间,趿了一双草鞋赶到门口去迎接。

突然之间,喜助呆住了。他看到玉枝的脸色变了样。

玉枝脸色苍白。不,与其说是苍白,倒不如说皮肤都透明了。难道上京都去一次就会变得这么厉害?玉枝的面容变化如此之大,喜助简直是惴惴不安地注视着她了。

玉枝十五日那天离家之前,总感觉有些浮肿,而两颊的肉陷了下去,毫无精神。可是眼下的玉枝,皮肤雪白,还透着光亮。一两根头发垂在耳边,肩膀瘦削,这也许是旅途劳顿的缘故。但不知为什么,玉枝的身材显得高了,她那注视着喜助的湿润的眼睛分外动人。

"你怎么啦?是不是太劳累了?身体不要紧吧?"喜助问道。

于是，玉枝的口角浮现出带有酒窝的微笑，说："一点没什么。只是在火车上坐久了，臀部发痛罢了。真是长途列车哪！喜助哥，我从'兼德'收回了很多钱呢。"

玉枝说着，跨到炉边，用火箸拨拨烧得不旺的荛柴，火焰噗地一声燃起来。玉枝便在炉边自己的位置上坐下来，慢慢地解开富士绸的包袱，取出账本和包着现钱的纸包。

"一共六十二元，喜助哥。这是你辛辛苦苦赚得的钱。现在你可以发工钱给工匠了，给他们置办年货的钱也有了。"玉枝说。

喜助颤抖着手指接过放有钱的纸包，并望着纸包出了一会儿神，然后像是想起了什么事，嘴里啊啊啊地喃喃而语，恭恭敬敬捧起纸包往凸出的大脑袋上叩了两下，接着跑进昏暗的里屋，面向佛坛鸣铃，双手合十，供在喜左卫门的灵前。

玉枝看着喜助的这种背影，放下心来。她回忆起在外面经历过的事：在宇治川的河边清洗沾上了血迹的衣服下摆，然后在老船家为她生起的火堆旁烤火，直到衣服干了为止；接着在姑母家的堆房内睡了一夜；早晨见到姑母，大约谈了一个小时便回家了。对于很久不曾见面的白发苍苍的佐木田门姑母，玉枝的脑海里没留下什么印象。玉枝只记得老船家的脸，只记得他专心地把落在船底上的胎儿和污物清洗到河中去。这位老船家连续不断地用舀子清洗带着血和怪味的脏东西，他的这张脸深深地刻在玉枝的脑子里。

玉枝不知道老船家的姓名，他恐怕是从年轻时候起就从事宇治川的摆渡工作，从而定居在那儿的吧。由于洗涤过的衣服下摆一时干不了，老船家便在渡口的小屋里生起火来让玉枝暖和暖和。他俩在那短暂的夜间交谈了各种各样的事情，老船家的同情心温存地裹住了玉枝。虽说他俩是萍水相逢，今后各自西东，但老船家却是玉枝的活命恩人呢！现在，玉枝回到了喜助家，心里感到踏实了。与此同时，玉枝觉得眼前燃烧的炉火同宇治川渡口的那堆火重叠在一起了，她的眼睛也湿润起来。

"绝不能对喜助说，必须装做什么事也没有发生过……"玉枝对自己这么说。

喜助从里屋一出来，玉枝便谈了谈到达京都那天去"兼德"收款的情况以及姑母佐木田门的近况，然后就去准备晚饭了。

仅仅离家三天，玉枝却感到好像有十年、二十年不曾回家了。她明白自己确实已是喜助家的人了。

"那家批发店很漂亮呢！"玉枝对喜助说，"店堂很大，铺有地席。墙上排满了一格格的货架子。赛璐珞做的玩偶、石膏做的玩偶、皇家玩偶、会叫的泥人，可谓琳琅满目。而陈列在最高一格上的，只有喜助哥制作的竹偶。我看到竹偶，眼泪止不住流了出来。纸上写着'越前竹偶'哪！我高兴极了。从全国的玩偶师傅那里征集来的这些玩偶中，只有竹偶被陈列在最高处的镶红边的玻璃箱里！看到这番情景，我……我高兴得要哭出来了。大家都待我很好哪！"

喜助两眼熠熠生辉地在听玉枝讲，这时他问了一句："崎山先生和老板的身体都好吗？"

玉枝稍稍低下头去，但立即答道："哎，都很好。店里还有不少学徒，把我让到里屋款待了一番呢。"

喜助小小的脸上笑逐颜开，他晃了好几次脑袋，问道："你的身体怎么样？真没事吗？"

"一点事也没有。我也不知怎么搞的，到了京都，胃里的病也好了。你尽可放心,我的身体很好,什么事也没有。"

玉枝简直想大哭一场。她放下筷子,低着头停了一会儿,忍住了呜咽。喜助把脸往前靠,问她道:

"怎么啦,玉枝姐?你一定有什么心事吧?"

玉枝把眉梢往上一扬,盯着喜助的脸,天真无邪的喜助担忧地眨了眨惺忪的两眼,玉枝便说道:

"哪里会有什么事!我这是高兴呢!我看到你做的竹偶不输给任何玩偶,心里感到高兴哪!再有,喜助哥,我回来了,这也是值得高兴的事。我看到你一个人孤寂地守着我回来,心里也很高兴。可以哭吗?如果允许的话,我就想哭了。喜助哥,我独自旅行在外,真是寂寞哪。"

玉枝兴奋地说着,突然伏在饭桌边,剧烈地抖动着肩膀哭起来了。她对喜助说:"你笑话我吧,喜助哥,我高兴,高兴得不得了……眼泪止不住往下掉。"

玉枝的双肩一直在颤抖。喜助看到玉枝乌黑的头发贴在粉白的脖子上,他的两眼也炯炯有神起来。玉枝抬起头来,开始破涕为笑,现在,这张透着光泽的笑脸仿佛和刚才换了一个人。

玉枝一回来,喜助家的作坊更是显得生机盎然。给工匠们沏茶续水的玉枝,变得更加美了。这快乐的气氛也许是因为玉枝恢复了健康的缘故吧。

玉枝侍候喜助的情景,依旧使村里的年轻人十分羡慕。而玉枝本人在路上遇见人们时,总是报以明朗的笑容。

一夜之间,南条山脉完全披上了一层丝绵似的白雪,村里的家家户户都被终日不停的大风雪封在屋里了。竹丛积起了雪,垂下头来的竹子伏倒在地,发出了断裂的声响。然而在喜助的作坊,工匠人数却有增无减。有些老人不去烧炭了,他们想趁着冬天专心制作竹偶。喜助那间狭小的屋子里全是人,简直要溢出来了。有的批发店不顾雪路难行,特意跑来包销。玉枝在正屋照应这些来客,又是接洽生意,又是核对账目。她一直忙到二月,由于感冒和发烧,只好卧床休息了。

玉枝那光滑润泽的雪白皮肤,一天的工夫,忽然失去了生气,眼睛也顿时没了光彩。玉枝虽然咳得厉害,还是不时地在作坊里露面。这时，别说喜助，就连工匠们也都劝玉枝去卧床休息，玉枝却怎么也不肯退回正屋去。

"你非得去躺下不可，玉枝姐，"喜助当着众人的面，用叱责的口气对玉枝说，"泡茶的事让年轻人干好了，你去拥炉而睡吧。感冒这玩意儿，一不在意，就老是好不了，你去睡吧。"

玉枝听喜助这么说，便缩着脖子回了正屋，但旋即想起还有事，便又返回小屋这边来。

就这样过了些日子，玉枝真的咯血了，那天是二月十八日。这天大雪纷飞，早晨，南条山的狂风呼啸着刮来。玉枝与平时一样起了床，坐在炉边煮开水。她想去拿一根粗一点的栗木柴禾，便把一只手伸向放柴禾的箱子，这时忽然剧烈地咳起来，刹那之间，玉枝感到胸口像刀剜似的，痛得十分厉害，好像有块什么东西在激烈地往喉咙口直冲。玉枝觉得眼前模糊起来，一片紫黑色，吊在炉子上方可以伸缩的挂钩上的水壶摇晃起来。她脸朝下摔倒在地，殷红的血从口中吐出来。玉枝下意识地用双手按住嘴，血从手指间不停地往外溢。

"喜助哥，喜助哥！"玉枝用硬挤出来的声音呼唤着丈夫。

喜助在洗澡间洗了脸后，正好在作坊生炭炉。他听见玉枝的喊声，赶过来一看，吓得双膝直抖。

"怎么了？玉枝，你怎么了？"

看着玉枝通红通红的脸，喜助的脸色发白了。他那矮小的身体竭尽了全身的力量，才把玉枝抱进卧室，并呼喊邻居与兵卫，让他赶快去请医生来。

广濑村有一家医院的分院，一个姓力石的开业医生每逢星期六和星期天来上班。与兵卫领着这位医生赶了二日里的雪路，来到竹神村。

力石医生一走进光线昏暗的喜助家的卧室，便按惯例进行诊察，然后沉着地给病人注射了大剂量的明胶和盐水，先设法将血止住。

"是肺病，"长得瘦瘦的医生用手按按被雪濡湿的一头短发，说，"病情相当严重，大量咯血。看这情况，半边肺已完全不行了。必须安静休养，肺病除了静养外，没有其他办法。一动弹，结核菌便会增殖。尽量不动的话，便会结痂，这就是所谓的钙化。绝对不能动……要请你们仔细看护。"医生一再这么叮嘱。他见喜助低头端坐着,便又说道:"雪停后,喜助先生,你要把病人移到阳光好的房间里去,这屋太冷,也太潮湿。"

卧室的地板上只铺了一张席子。医生看看玉枝那薄薄的红花纹被褥,歪了歪头,站起身来又一次强调说:"要注意静心休养哪。"便回去了。

在大正十四年的时候,我们现在用的PAS①和链霉素这类治结核病的特效药还没有出现。肺病之所以会被称作绝症,也是因为穷山村里根本没有治疗的办法。顺便提一下,这个故事里提到的福井县,大概是日本名列第一的肺病县呢。应该说,这个县没有对这种病采取过有力措施。从第二天开始,力石医生开的清热的内服药就成了玉枝唯一的治疗药物。好在没让玉枝乱动,遂使她的吐血现象总算止住了,然而,玉枝是一天瘦似一天。

玉枝耳朵后面的骨头开始显露出来后,她的面相便发生

---

① PAS:学名叫对氯基水杨酸。

了变化：颈后没肉了；而脸色平时就像白蜡那样光润，血色再一少，不向前突出的部分就呈现出草青色。玉枝一动不动地盯着天花板看，她两眼含着泪水，一声不吭。当然，一讲话就会受到喜助的训斥也是一个原因。好不容易熬到二月底，玉枝才开始低声说话了。

"喜助哥，"玉枝像是恢复了些元气似的轻轻说道，"我又给你添麻烦了，请你多多原谅。"

喜助见玉枝病得这样，还说这种见外的客气话，觉得她很可怜。喜助总是千方百计想要鼓舞衰弱的玉枝，然而玉枝已完全露出下世的光景了。有一次，喜助从作坊过来探望玉枝的病情，玉枝对他这样说道：

"喜助哥，我不久于人世了。我对死并不在意。长期以来，我在花街柳巷做妓女，背后受人指骂，可是来到这儿以后，我得到了温暖，像是进入了天堂。我一生中最幸福的日子，就是到竹神村来后的这两年时间……从我那次来竹神村算起，已有两年了。我要活到你父亲墓边的山茶花开放的那一天，不过，我还能不能拖到那一天呢？我已经感到死神在向我靠近了。喜助哥，在我死之前，请让我一直留在这儿，谢谢你了。"

玉枝的声音衰弱无力,她哀求过以后,把瘦得如同螳螂臂似的胳膊轻轻地伸到枕边,对喜助说:

"喜助哥,在那柜子的第二格小抽屉里,放着我的存折,那是我做妓女时攒下来的钱。请你用这笔钱为我修一个墓,要紧挨你父亲,我将成为你父亲的妻子。我是想做喜助的妻子而到这里来的,但是喜助哥,你把我看作母亲,从未把我看作妻子。是这样吧,喜助哥?说实话,在我的思想里,也真把你当作过自己的儿子。我曾经这样想过——你就是我同你死去的父亲养下的孩子。喜助哥,请你把我埋在你父亲的墓旁,让我看着精心培育的矢竹丛安眠。"

喜助看到晶莹的泪水从玉枝眍了进去的眼底止不住地往外溢。玉枝眼中那像仙女般美丽夺目的光辉已经日渐消弭。现在,她这张宛如朽木似的脸上只有病人的表情,只剩下干瘪的紫色嘴唇在抖动。喜助膝行至玉枝身旁,对玉枝耳语道:

"玉枝姐,无论你怎么怨恨我都可以,我是一开始就把你玉枝姐看作母亲的。我在芦原三丁镇的'观花院'里屋同你相会后，我发觉你长得很像父亲制作的竹偶。我制作的竹偶也全是你玉枝姐呀！我的竹偶能扬名于世，都是多亏了你呢！你怎么可以死呢？要提起精神来。你要是死了，我也就没有兴趣去制作竹偶了，工作热情将完全失去。不要灰心丧气，养好身体，让我早日看到你健康的笑脸。只要有信心，只要静心休养，医生说病一定会好的。只要你的病会好，我什么都愿意干，我什么都要干。你是我的母亲，你就是我的母亲嘛！什么都不需要客气。"

喜助拉着玉枝瘦骨嶙峋的手，于是玉枝叫了声："喜助哥，"随即闭上眼说道，"我还是第一次碰着你的手呢！"

玉枝的泪水在耳旁划出了一条条光亮，淌了下来。

喜助差人往武生去采购名贵药，去买鲜鱼——在波涛汹涌的越前岬是不易见到鲜鱼的。喜助尽量给玉枝补充营养，同时衣不解带地彻夜护理着玉枝。由于喜助的精心护理，三月末的时候，玉枝的病情像是有所好转。然而到了四月二日夜里，玉枝大量咯血，陷入昏睡状态。

玉枝是在第五天的四月七日深夜咽气的。当时，喜助一直坐在枕边望着玉枝的睡脸,只见睡得昏沉沉的玉枝忽然半张开眼睛,像呻吟似的开口了:"那,那人……那,那人……"但是连不成什么话。

"你想说什么?"喜助眨眨因陪夜而睡眠不足的两眼,向玉枝的脸边靠近。这时,玉枝口中发出细微的声音,好像是在叫一个人的名字。

"谁呀,你在叫谁呀?"喜助见玉枝开了口,心里很高兴,他仔细地辨别着玉枝这么努力是想说些什么,自己好去照办,所以全神贯注。

"京……宇治……"玉枝双眼惺忪地瞅着喜助。

喜助把耳朵贴过去,像是要吸出在玉枝喉咙深处消失下去的声音似的。然而,玉枝再也没有做声。

当喜助发觉玉枝的脸在弥留之际产生了急剧的变化时,他悲痛欲绝。

"不能死!你不能死哪!"喜助把眼睛贴近玉枝的眼睑,寻找玉枝的眼光。玉枝的两颊泛起微笑,她把手指轻轻地放在喜助的手中,死了。

"妈妈!"喜助迸发出像锥子似的一声呼喊,直插卧室昏暗的天花板，随即把脸贴到了玉枝的脸颊上。

十九

氏家喜助的妻子玉枝的坟，筑在福井县南条郡竹神村氏家家族的坟地里。在刻有"竹工艺师　氏家喜左卫门之墓"的高高的塔形墓碑旁边，竖起一块刻着"氏家玉枝之墓"的花岗岩塔形墓碑，它的右侧并排列着一块刻有"竹偶师傅　氏家喜助之墓"的塔形墓碑，这三块墓碑凄寂地立在一处高岗上的竹林背后。

竹工艺师氏家已成绝响，尽管他们家的竹丛日照依旧充足，但由于一任杂草丛生，一切已非昔日的面貌。想从前，竹丛秩序井然，在矢竹、紫竹、伊予竹、淡竹等竹丛间，简直像铺了一层地毯似的被打扫得干干净净。

现在它们成了自然混成的丛林，其中混着长有长竹和粗竹的竹林，向墓地投下很大一块阴影。

一到春天，只有种在坟地那一段的两株山茶花绽放出硕大的红白花朵，暗香阵阵。

据说，竹偶师傅氏家喜助在妻子玉枝死后便发誓不再制作竹偶，他成了个白痴，聊度残年。后来，也就是在玉枝死去的第三年上，喜助也死了，是上吊而死的。

喜助自己寻死的动机虽不详，但竹神村的人们相传这是孤独和发狂造成的。真相究竟如何，至今不得而知。

为了纪念村子因竹偶而繁荣的这一时期，竹神村的村民们一直保护着那三块墓碑。然而，自从氏家喜助死后，历史已经说明：曾经闻名关西的精巧竹偶是销声匿迹了。

今天，市场上有着大批用苦竹制成的"越前竹偶"，但是这些竹偶与故事里写到的竹神村已经毫无关系。

今天的竹偶是否就是喜助那竹偶的后裔，作者对这一点也不甚清楚。

但是，来到坐落在南条山地之间的竹神村，可以看到在那开有山茶花的墓地四周，围着杂乱的竹丛，还可以听到竹子在风中簌簌作响。

后 跋

值此译本出版之际，枨触三十余年前往事，缅怀凋零之师友，遥念作者水上勉墓木已拱，宿草已繁，不禁感慨系之。

粉碎"四人帮"后，百废俱兴。各地出版社打破旧有格局，竞相翻译出版外国文学作品。《越前竹偶》译稿甫就，适逢吉林出版社凭借长春地区得天独厚的日语人才，创刊《日本文学》杂志，重以学术研究，辅以翻译作品，选材、编排、装帧设计多参照日本同类杂志。主编吕元明教授辟出一半篇幅刊载此作。出版社又利用杂志原纸型，溢出此篇，另印单行本。创刊号获得意外的成功，单行本亦畅销一时，读者对日本文学作品刮目而视。

作者水上勉通过好友柯森耀教授索取了译本，表示单行本正中下怀，亟意收藏于作者的自建文库。

一九八五年夏，笔者赴东京的出版社研修。其间，日中文化交流协会在大酒店举办纪念活动，水上勉、团伊玖磨等协会理事在门厅内列队欢迎来宾。水上勉虽忙于事务，仍同笔者携手温存片刻，风貌谦谦。

半年后，笔者因公务随讲谈社的编辑往东京世田谷区的成城拜访了大江健三郎、大冈升平等作家，顺路步至水上勉住宅而未值主人，二三人遂以住宅的园门为背景摄影留念。

当时，大江健三郎已名重文坛，却亲手磨墨伸纸，邀笔者题字，并在一本名贵的画册上题字后惠赠笔者。大江笑言，孩子学校的老师曾问及你父亲是怎么写稿的，孩子答，父亲只是在稿纸上涂抹，没见写过什么字。

其时，讲谈社有位大编辑向笔者出示珍藏的大江亲笔原稿曰，平生无长物，此排印原稿可谓至宝。笔者见原稿涂改满幅。名家精益求精的认真作风令人钦慕。十数年后，大江健三郎获诺贝尔文学奖，大编辑的远见卓识亦令人叹服。

越两三年，笔者在上海静安宾馆再度见到水上勉。先生正要驱车他往，特意下车耽搁了几分钟，说了两事。一是现时日本文化界对《庄子》顶礼膜拜；一是翻译出版我水上勉的作品，可以随意，而其他日本作家的作品，须经作家本人同意。当时，国内的版权意识淡薄，甚至误以为翻译出版某人的作品就是尊重某人，何须事先招呼。不自知伤人不浅。

本书的两篇水上勉作品，都被搬上舞台演出过，也都被改编成电影上映过，影响不凡。而越前地方的竹偶及京都瑞春院的八幅雁画亦作为一种文化遗产，至今脍炙人口。

水上勉的作品多反映生活在社会底层者的情操，尤其善于刻画被歧视被欺凌的善良妇女身上平凡而光辉的品格，充分体现作者自身经历的坎坷和憧憬。

一九一九年，水上勉生于福井县(旧为越前国)的穷乡僻村。父亲是穷木匠，有子女五人。水上勉是次子，九岁时到京都的瑞春院禅寺当小和尚，严酷的修行生活在《雁寺》中多有描述。四五年后，水上勉离寺还俗。迫于生计，包括写作在内，辗转从事过三十余种职业。其间虽有作品问世，碍难继响而辍笔。四十岁后，重整旗鼓，以推理小说形式针砭社会问题，颇有业绩，成为有影响的社会派推理小说家。但水上勉自感推理作品多空虚成分而转向描写实在的人性。遂多以故乡若狭及京都寺院时期的生活体验，凭借独特的叙情笔调，即所谓的水上调，以弱者的视点描绘贫困庶民，暗示人的宿命。转向之初，因渲染悬念，有时不免显得荒诞。

自一九六一年发表《雁寺》获得举足轻重的直木奖起，水上勉进入旺盛又华丽的作家生涯，硕果累累。七十五岁心肌梗塞倒下再起后，水上勉砚田笔耕不休，并为竹偶剧的演出事业尽心尽力。二〇〇四年，水上勉殁于长野县的工作室，卒年八十五岁。去世之忌日命名为归雁忌。可谓始终与雁为缘。

　　　　　　　　　　二〇一三年译者写于上海